小学館文庫

うかれ堂騒動記

恋のかわら版

吉森大祐

小学館

目次

美人はつらいよ

目の前の丼《どんぶり》に入れられた鯛《たい》の骨を見て、一穂《いちほ》は怪訝《けげん》な顔をした。

「骨だけかい？」

一穂は十七——年ごろの娘のくせに、男みたいな口ぶりである。

黒目がちの目がくりくりと大きく、小ぶりの鼻の下に整った唇がある。

黙っていれば整った顔立ちなのに、乱暴な口を利くから台無しだ。顔が小さく、手足は長く、まるで少年のような雰囲気で色気がない。

「仕方がねえだろ。カネがねえんだ」

「だからって、骨しかねえってのはどういう了見だ。猫じゃァあるまいし」

「うるせえ、江戸っ子の食いモンに文句を言うな」

市右衛門《いちえもん》はそう叫ぶと、火鉢でちんちん、と鳴っている薬缶《やかん》を取り出し、丼の中で丸焦げになっている鯛の骨に、熱い湯をどっとかけた。

じゅううう、と、音がして、骨から脂っこい出汁《だし》が、一気に熱湯に溶けだしてくる。

これに塩をぱらり。

醤油《しょうゆ》を、ちゃっちゃとたらして食べる。

一穂は文句を言いながらも箸《はし》を持ち、丼を抱え、その油の浮いた醤油出汁を、ふうふう、ずずず、と吸った。

「う、うまい」

「そうだろう――骨を取り出して、朝炊いた冷や飯をぶち込むんだ」

「わかる。だが、身が欲しい。ちゃんとした魚が食いてえ」

「うるせえ、骨じゃなく、身が食いたかったら、かわら版になるようなネタを拾ってこい」

市右衛門が言った。

市右衛門は、四十をとうに回った白髪混じりの頑強そうなオヤジで、江戸の新場橋《しんばばし》に近い日本橋《にほんばし》佐内町《さないちょう》の浮かれ長屋のかわら版屋〈浮《う》かれ堂《どう》〉の主人だった。

ぼろぼろの三坪をふたつ借りて、ひとつを工房にし、よみうりを刷っては、日本橋あたりでばらまいて生計《たつき》を立てている。

一穂はその姪《めい》で、とんでもないお転婆だった。

お転婆すぎて市谷《いちがや》にあった家を追い出され、これまた親戚の鼻つまみ者だった市右衛門のところに放りこまれたのである。

「なんでえ、姪だと思ってこき使いやがって。あたしに男ができないのは、おじさんのせいだ」

「うるせえ、てめえの胸に手をあてて聞いてみろ。おまえが言い寄られるタマか。黙っていりゃァ、多少は見られるンだから、少しはしおらしくしやがれ、この野郎」

「言ったな、このヒヒオヤジ。この佐内小町を捕まえて」

「小町だと、笑わせらあ——お転婆がすぎて、フラれてばっかりいるじゃァねえか」

「なんだと、いつあたしがフラれた」

ふたりは、お互いの丼を守りながら、空いた手で、その辺にあるものを投げつけあい始めた。

櫛《くし》やら、紙くずやら、手ぬぐいやら、火箸やら。

「痛てッ——やりやがったな、この野郎」

「うるせえ、少しは落ち着け、お転婆め」

一穂はついに、手元にあった硯《すずり》を、びゅん、と投げる。

「おっと、当たらねえよ」

市右衛門がよけた硯は、そのまま障子を破って、表の路地へ飛んでいった。

するとすと外で、ごん、と音がして、

「ぎゃっ!」

誰かの悲鳴が聞こえた。

「あ」

「あら――」

一穂と市右衛門は、思わず顔を見合わせた。

誰かに当たったらしい。

硯は相当硬い。当たり所が悪ければ、後生が悪いことになる。

ふたりはおそるおそる、引き戸をあけた。

すると、そこに倒れていたのは、北町奉行所の同心、吉田主計勝重《よしだかずえかつしげ》だった。

背が高くって骨ばった肩のうえに色白の整った顔があり、黒い羽織に、二本差し。

――その恰好《かっこう》のまま、路地のどぶ板の上に倒れている。

長屋に棲《す》むぱっとしない若い衆、与三二《よさじ》、文次郎《ぶんじろう》、辰吉《たつきち》が、なんだなんだと部屋から出てきて顔を覗《のぞ》き込んでいた。

吉田は、額を押さえて、

「ううう」

と唸《うな》っている。

一穂はあわてて路地に飛び出て、

「ご、ごめん！」

と叫ぶように言う。

あとから市右衛門がゆっくりと出てきて、吉田を助け起こした。

「失礼しました、吉田様――このバカが失礼を」

「う、うるさい。しょうがないでしょ！」

「井戸へ行って、手ぬぐいを水に浸してこい」

一穂はあわてて井戸へ向かう。

「どけ、見せモンじゃァねえぞ」

市右衛門は、与三二ら若い連中を叱っておいて吉田を抱え、浮かれ堂の奥の座敷へ連れて行く。

「む、むう」

吉田は、その整った顔から鼻血を出して卒倒していた。

その顔に、濡《ぬ》れた手拭いを当てながら、一穂は思う。

(このひとも、もう少し、ちゃんとしてくれないと——)

吉田主計は、今年二十二。

父、彦左衛門《ひこざえもん》の隠居に伴って家職を継ぎ、江戸北町奉行所の定町廻《じょうまちまわ》り同心になったばかりである。

彦左衛門は以前から、奉行所が扱っている事件の情報《ネタ》を市右衛門のよみうりのために漏らしてくれていた。そのかわり浮かれ堂は、町方で見聞きした裏表を報告し、時には探索《さぐり》を行う。十手こそ渡されてはいないが、お互いにそんな持ちつ持たれつの関係だった。

吉田主計は、その役割を父から引き継いだのである。

しかし、一穂は、

(いきなり、このひとの指図に従えって言われてもね)

とも思うのだ。

なにしろ幼い頃から何かと一緒である。

同心長屋の柿の木に登って、枝の上から柿をぶつけて泣かせたことがある。まるで猿蟹合戦《さるかに》のような話だが、ホントの話だ。

おたがい大人になって、サムライと町方と立場が変わったといっても、いきなり敬うという気持ちにもなれないのである。

吉田は、一穂が渡した手拭いを顔に当てて、しばらく唸っていたが、やがて、目をあけて起き上がり、

「こ、これはすまぬ。みっともないところを」

と、弱々しく笑った。

「いえ、こちらこそ。仮にも奉行所の旦那に、大変《てえへん》な失敬を致しまして」

市右衛門は恐縮する。

相手はサムライ。

身分の差は厳然とあるのだ。

「して――。今日は、どんなご用で」

「うむ。そのことなのだがな」

吉田が来るときは、何か仕事があるときだ。

かわら版のネタだけではない。

公儀の中にもいろいろ争いごとがあるらしく、ときどき奉行所は、浮かれ堂に公儀

の高官や重役の醜聞《しゆうぶん》、密告のたぐいを持ち込み、それらを怪文書に仕立てて市中でバラまかせるようなこともする。

「今日は、仕事の話ではなくてな……」

吉田は戸惑うように頭をかいた。

「この前、江戸橋《えどばし》の南詰の路上にて、偶然貴様らに会ったな」

「はい、内与力の内藤平馬《ないとうへいま》様たちと、ご一緒でした——」

ぴくり、と一穂は顔をあげる。

内藤平馬は、八百石を取る北町奉行の高官で、まだ二十代の若さで無念流《むねんりゆう》を納めた偉丈夫でもあった。

凄《すご》い男前である。

「そのとき、拙者の新任の上役で、与力の水野左衛門《みずのさえもん》様を紹介した」

「はい。確か、遠国《おんごく》奉行付きであったものが、小田切《おだぎり》様のお召しで江戸に戻られたかただと伺いました——」

水野は、内藤とは違って、小太りの、見栄えのしない中年男だった。

「その、水野様がな」

吉田は言いにくそうに、

「一穂と、話をしてみたいと」

　と上目遣いをして一穂を見た。

「へ？」

「外廻りの与力と言えば、吉田様の上役にあたるおかた。一穂が何か粗相をいたしましたでしょうか。なにぶん、ウチの一穂は、ご存じのとおり、言葉も態度も乱暴です。何かお気に召さぬことでもありましたか」

　市右衛門は慌てて言った。

「そうではない。むしろ反対でな」

　と吉田は頭をかく。

「気に入った、というのだ」

「なんと」

「——いや、いや。これは、断ってくれていい申し出なのだ。いやむしろ、断ってくれたほうが都合がよい。水野左衛門様はどうも、その、おなごが好きでな。少し見目《みめ》が良いとみればすぐにお召しになりたいと……」

「見目がよい？」

　一穂はぴくり、と反応した。

「水野様は、拙者から見れば上役だ。無理は申されますなと、お諫《いさ》めしたものの、どうにも強引でなあ。なにしろ、一度、路上にて頭を下げただけの間柄ゆえ、先方はこのような娘だとはまったく知らず……。ちゃんと、拙者と一穂の関係も説明し、子供のころからの度を越えたお転婆ぶりも、しっかりと説明したのだがなあ」

「お転婆?」

またまたぴくり、と反応する。

「よいよい、多少お転婆のほうが歯ごたえがあるというものだ。なかなかあの子はカワイかったぞ、江戸の町娘と心置きなく話したいのだ——、などと申されて」

「カワイイ?」

一穂は立ち上がった。

「おじさん、聞いたか、聞いたか。カワイイだと。やった!　カワイイと」

「これ、一穂、興奮するな。ちゃんとわかっておるのか。お前の好きな内藤様ではなく、水野様のお召しだぞ」

「この際、構わぬわ。最初から内藤様は高嶺《たかね》の花だ」

「なんと現金な」

「ふふふ。相手は奉行所与力。おいしいことがあるかもしれぬ」

一穂の頬は、興奮に染まっている。

「それに、吉田様――。さっきから聞いていればなんですか。このカワイイあたしを捕まえてお転婆だのなんだのと。なんと見る目のないこと。そんなことだから、ウダツがあがらないんですよ」

「ウダツがあがらなくて悪かったな」

「うーむ、しかし、さすがだな。奉行所与力ともなると、八丁堀《はっちょうぼり》の長屋育ちの貧乏同心とは器量が違う。このあたしのカワイイさを一目で見抜くとは。ふむ、ふむ」

早口で一穂は言った。

その様子を見て、市右衛門は、吉田の耳に口を近づける。

「この娘、滅多に言われぬ『カワイイ』というお言葉に、我を見失っています。このお話、お断り願えますか」

「そ、そうだな」

吉田は頷《うなず》いて、一穂の様子を見た。

たしかに一穂は舞い上がっている。

まずかった、という顔を吉田はした。

「確かに、市右衛門の言う通り、これは、上役には会わせぬほうがいいな。水野様は江戸の清純な町娘と話したい、などとおっしゃっていたが、そもそも一穂は清純ではない。どうやらあのかたは、流行の草紙や歌集の読みすぎなのだ。これは上役の圧力に負けて、軽々にこんな話を持ち込んだ拙者が迂闊《うかつ》であった。最初から握りつぶすべき案件だったのだ。うん、うん。では、本人に断られたと返答いたす。先方も武士であるゆえ、すぐにわかってくれよう。一応本人に伝えたのだから、やるべきことはやったということで義理は果たし申した……」

と、慌てて去ろうとする。

「待て待て待てーい！」

一穂は、立ちあがり、叫ぶように言った。

「先ほどから、なにを失礼なことを言っておる」

「だって」

「この一穂様が、身分あるサムライにカワイイと言われたのだぞ。一大事だ。もう、こんなことは最初で最後かもしれぬではないか。それに、多少見た目が悪かろうが、奉行所の与力殿ともなれば、カネも力もあるだろう。うまくすれば、何らかの役得もあろうかというもの。いや——もっと上手に立ち回れば、憧れの内藤平馬様のお近くに侍《はべ》ることができるかもしれぬぞ。ふっふっふっふっふ！」

市右衛門と吉田主計は、なんとも言えない表情で、お互いの顔を見合わせた。

◇

一穂は、清楚《せいそ》な格子柄の着物に、落ち着いた鈍色《にびいろ》の帯、町娘らしい島田に控えめな簪《かんざし》という形《なり》で、谷中《やなか》〈首ふり坂〉の割烹《かっぽう》〈庭津亭《にわつてい》〉に赴いた。

首ふり坂は、三崎坂《さんさきざか》とも呼ばれ、上野寛永寺《かんえいじ》の搦手《からめて》にあたる谷中門から藍染川《あいぞめがわ》の谷に下り、千駄木団子坂《せんだぎだんござか》につながる坂である。

周囲にはさまざまな宗派の寺が立ち並び、瀟洒《しょうしゃ》で静かな一帯として有名で、塔頭《たっちゅう》の間に高級料亭が点在していた。

（こんな静かな場所、来たこともないよ）

一穂はきょろきょろとあたりを見回しながらも、からからと下駄の音をたてて内股に歩く。

多少、無理している感はあるが、なかなかどうして、大したもんだ、と、内心ご満悦である。

普段の一穂は、髪などまとめない。

簪も持たず、留め櫛二本でなんとかしていて、しかもその櫛で背中まで掻《か》くというガサツぶりなのである。

この簪は、借り物だ。

一穂が奉行所の与力様に召されたというので、浮かれ長屋の隣に住む大工の松五郎《まつごろう》の嫁のおとらが、任せときなってンで朝から井戸端に一穂を連れ出し、ざばざばと頭ッから水をぶっかけて、体の隅々まで洗い、二番絞りではあるが、椿油《つばきあぶら》を持ってきて髪を整えてくれた。帯は、二軒隣の経師屋《きょうじや》の未亡人、着物は大家の娘のお咲《さき》ちゃんの借り物である。

店の瀟洒な玄関で、

「——北町奉行所御与力、水野左衛門様のお召しにて」

一穂は、しゃなり、と言った。

すると、店の女中は慣れた仕草で店の離れに案内する。

割烹の内部は広く、廊下につながれた離れがたくさんあるようだった。

(なんだ、この場所は——こんなところが、あったものか)

一穂は驚いた。

身分の高い人が、上品な酒食を楽しむ場に思える——。

風呂や宿泊の設備もあるようだった。

長い廊下を進み、たどり着いた奥の座敷に待っていたのは、三十がらみの丸顔のサムライであった。これが水野左衛門だろうか。横には、ひょろりと長い背中を丸めた吉田主計も控えている。

一穂は、座敷に入る前に、小首をかしげて頭を下げた。

「一穂にございます」

「うむ、よく来たな」

水野はにんまりと笑い、一穂を舐《な》めるように見た。

確かにさえない中年男だが、黙っていれば見られない顔ではない。

ただ、糸のように細い目と、目じりの皺《しわ》に多少好色の匂いがする。でっぷりと太った、うじゃじゃけた男だ。サムライとは思えぬ緩んだ体をしており、いかにも周旋家という感じだ。

たしかにこれは、なかなか手ごわいかもしれない、と一穂は思った。

「や、一穂。見違えったな」

控える吉田が、驚いたように言った。

「その召し物をどうしたのだ」

「――ほほほ。すべて、浮かれ長屋のご近所の手配でございます。町方の貧乏人も、そうバカにしたものではございません」

「なるほど――。簪を挿している姿など、はじめて見た」

「色っぽいでしょ？」

と口元を袖口で隠してシナを作る一穂に、吉田は圧倒されている。

その様子を見て、水野は機嫌良さそうに、

「うむ、会えてうれしいぞ。まず、一杯、酌をしてもらおうか」

「はい」

逆らわず、膝を滑らせて近づき、銚子を持つ一穂に、水野は聞いた。

「一穂殿は、普段、この吉田の手の者として働いておられるとか？」

「はい――。主計殿の御父上にあたる吉田彦左衛門様の頃から、我がおじが、おつとめをさせていただいておりまして、その経緯《いきさつ》で主計様とも。奉行所のお役に立つことがあれば、できる範囲でお手伝いさせていただいているような次第でございます。十手をいただいているわけじゃァ、ございません」

「ふむ、ふむ――殊勝であるな」

水野は、そう言って満足そうに酒を呑《の》み、

「このようなカワイイ娘を、手下に抱えておるとは、この吉田もスミにおけぬ」

と頷く。

一穂はまた、ぴくり、と反応した。

(――か、カワイイ!)

また言われた!

一穂の顔つきが変わったのを見て、吉田は慌てたように手をふった。

「あ、いえ、その、あの――。それほどでもありません」

吉田主計が言うことではない。

(お前が言うな!)

ぎろり、と一穂は吉田を睨《にら》む。

水野は構わずに言った。

「今宵は、おまえのようなカワイイ町娘と、二人きりで酒を呑みたかったのだが、この吉田が、彼《か》の者は父の代からわが手の者でございます、間違いがあっては困りますゆえ同席いたします――などと申してな。まったく無粋な奴《やつ》よ」

「そうですか。確かに吉田様にはお世話になっていますが、手の者、というほどじゃァないんですよ。こちとら町方で、勝手御免のちゃきちゃきの江戸っ娘《こ》にございますゆえ」

「ははは、そうか。歯ごたえのありそうな面白い女だの。気に入ったぞ」

水野は機嫌がよく何度も頷く。

返杯だ。

一穂にも杯を持たせて、酒を注《つ》ぐ。

一穂もきゅっと一息に呑む。

「おお、若いのに良い呑みっぷりだ。江戸娘らしいの。かわゆいぞ。うむ、かわゆい」

吉田が、耳打ちする。

「水野様、この者にカワイイと不用意に言わないでください」

「む、なぜだ？」

「この娘、カワイイと言われ慣れておりません」

「へ？　じゃあ、なんと呼ばれ慣れておるのだ？」

「ウルサイとか、カシマシイとか、オトコマエだとか――」

「へ？」

「水野様、拙者は、一穂の身ではなく、水野様の身が心配なのであります」

すかさず一穂はつっこんだ。

「吉田様。聞こえていますぞ」

「む」

「吉田様、恥ずかしがらないでください。子供のころ、あたしのことが好きだったくせに。――気が付いていましたぞ。あなたさまの、常ならぬ視線を」

「ば、バカを言うな。怖がっていたのだ」

「な、なんだとゥ？」

「――――」

ふたりの様子を見て、水野は、なんだかこの娘は尋常じゃあないぞと思いはじめたらしい。

町方にあって、奉行所同心の探索方をつとめているような娘に色気を求めるのは無理というものだろうか。

昨今人気の、歌麿《うたまろ》の美人画で有名な『高島屋《たかしまや》おひさ』に『難波屋《なにわや》おきた』は、市井の町娘で、愛嬌《あいきょう》たっぷりの爽やかな色気が売りである。

地方にいたときに、江戸土産のそれらの錦絵を見て、江戸の町娘はええのぉ、江戸に帰ったら、こんな素人娘とお近づきになりたいものじゃと思っていたのだが――。

町娘にもいろいろあろう。

ちょっと違うものを引き当てたのかもしれない。

「水野様――」

吉田主計と言い争いをしていた一穂は、ぎろり、と眼光鋭く睨んだ。

「う」

水野は思わず後じさる。

「おそれながら、あたしのどこがカワイイとお思いで？」

「へ？」

「この、豊満な体でしょうか。それともこの愛らしい顔。それともこの声？」

何を言っているのか。

一穂は豊満というよりは小柄で、頭が小さく、日に焼けた手足ばかりがひょろひょろと長い、少年のような体形をしている。

昨今、美人と言えば、切れ長の細い目に、小さな受け唇《ぐち》に、鉄漿黒《かねぐろ》が流行《はや》りだというのに、一穂の目ん玉はドングリのように黒々と大きく、鼻筋はぴっと生意気に通って、唇は元気に口角が上がり、歯は真っ白でぴかーんと光っている。

吉田は、それを指摘しようと口をぱくぱくさせたが、一穂にぎろりと睨まれて、言葉を呑み込んだ。

「水野様は、本日あたくしをお召しになる際に、これなる吉田主計様に、あのカワイイ町娘を連れてこいとおっしゃったとか」

「あ、ああ」

「いったい、どこがカワイイと思《おぼ》し召《め》しか。あたし、どのあたりがカワイイかなあ。まあ、わかっているつもりではあるんですがね、おそれながら、自分でもちゃんと知っておきたいと思いまして」

言葉に困った水野に助け船を出すように、吉田は叫ぶごとく言う。

「こ、これ。拙者の上役を困らせるな。勘違いするな。お前は、せいぜい十人並みだ」

「うるさい！」

一穂は一喝する。

「水野様は、もう、今日、四度もあたしをカワイイとおっしゃいましたよね。あたし、数えていました」

「か、カワイイとな、うむ、確かに言った」

「五度目です」

「ねえ、水野様。どのへんがカワイイですか？　顔？　やはり、顔ですか？」

一穂は目をきらきらと輝かせながらにじり寄る。

その勢いに、水野は圧倒される。

「う、うむ……ええと」

と考えた。

「うむ、そうだな。顔だ。顔がいい」

「顔のいったいどこですか？　目かな？　鼻？　口もいいでしょ？」

「うーんと、もちろん目もいい」

「うん、うん」

「鼻もカワイイぞ」

「やったぁ！」

「口は少し、大きいかなあ……」

「――なに？」

ぎろり、と一穂に睨まれて、水野は肩をすくめ、

「あ、いや、その……。く、口もカワイイ」

「うう」

と下を向いた。

そっと、吉田のほうを向く。

吉田は、ほら、言ったことじゃない、という顔をしている。

いっぽう一穂は、その言葉を聞いて満足げに頷いている。

「吉田様、聞きましたか——。水野様はずっと、遠国奉行付きのお役目につかれていたお方と聞く。さまざまな国の美人を見てきたでありましょう。その水野様が言うのだから間違いがない。やっぱりそうだったか。あたしはやっぱりカワイかったのだ。思った通りだ。まーったく、下町の町人風情にはわからない色気があるってことだな。しょせんあんな長屋の連中には、あたしの価値はわかるまい！　わっはっはっは！

やった！　これからは堂々とカワイイ一穂と名乗るぞ」

そして、言った。

「そのうえ、この豊満な体——。これでは、殿方もいちころじゃのう」

満足げに、頷く。

吉田と水野は肩をすくめて、顔を見合わせた。

（おわかりになりましたか）

吉田がひょろ長の背中を丸めて密《ひそ》かに言えば、

（うむ――。確かにこれは、失敗したかもしれん）

と、ずんぐりした体を縮めて、水野もうなずく。

ふたりは額を寄せ合ってこそこそと言い合う。

（最初から、吉原《よしわら》遊郭に行けばよかったのです）

（貴様の忠告、素直に聞くのだった……）

その様子に気が付きもせず、一穂は言った。

「ふうむ。それで水野様は、遠目にこのカワイイあたしを見て、すっかりのぼせあがり、お召しになった――。こういうわけだと。ふむ、ふむ。なかなか見る目がありますぞ。さすが与力殿です。貧乏同心とは格が違う。さあ、ご覧あれ、このカワイイあたしを」

「ご覧あれって――」

「察するに、水野様は、今夜あたしを口説き、ご内室《ないしつ》か御妾《おんめかけ》にでも取り立てようというところでありましょうかね？」

「いや、その」

「支度金は、そうだなあ、これぐらいカワイイと、おそらく百両――。いや、二百両はいくかな。いやいや、天下の北町奉行所の与力ともなれば、五百両どーんと払いましょうか。どうだ、どうだ、もってけドロボー」

「ば、バカを言うな」

　水野は慌てて言った。

「た、たかが町娘に、五百両も払えるか」

「なんですと？　カワイイあたしを前にして？」

「そ、そんなに高いと思わなかったわい」

「失礼な！　あたしをなんと心得る。日本橋佐内町じゃちょっと知られた顔だぞ」

「知られているけど、別に別嬪《べつぴん》だからじゃないぞ」

と、これは吉田主計だ。

「お転婆がすぎて名が知られているだけだ！」

「うるさい！　余計なことは言わない。さあ、水野様、口説いてみてください」

「こ、こんな色気のない女だとは思わなかったわい」

　水野は悲鳴のような声をあげた。

「あ。いけない」

　一穂は急に、慌てたような声を出す。

「もしかして、水野様！　この座敷――やけに襖《ふすま》に囲まれておりますね、まさか、この襖の向こうに布団が敷いてあって、いきなり無理にあたしをわがものにしようとしているのではありますまいな。言っておきますが、この一穂、そんなに安い女ではございませんぞ！　それだけはぴしゃりと言わせていただきます」

「ふ、布団など敷いておらんわ」

「そんなこと言って。分かっていますぞ。あなたのようないやらしい中年男が何を考えておるかなど——その手に乗るものか！」

一穂は立ち上がり、左手の襖をばあーんと開いた。

「…………」

「…………」

と、隣の部屋には何もなかった。

「なに、じゃァ、こっちだ」

反対側の襖をどーんと開ける。

すると、そこには衝立《ついたて》が立っており、その向こうに座っていたのは、身分の高そうなサムライと、立派な袈裟《けさ》を着た坊主、それに芸妓《げいぎ》らしき女ふたりだった。

明るい行灯《あんどん》に照らされたその座敷——。

どうやらこちらの座敷よりも格上だ。

「し、失礼申し上げ――」

あわてた吉田が進み出て、襖を閉めようとして顔をあげ、凍り付いたように固まった。

「内藤様――」

そこにいたのは、北町奉行小田切土佐守《とさのかみ》の懐刀《ふところがたな》にして、五名しかおらぬ内与力のうちのひとり、内藤平馬その人だったのである。

◇

「まいった――。大変なお叱りを受けたぞ」

半月後、浮かれ長屋の四畳半にやってきて、吉田主計は頭を掻いた。

「平同心の拙者から見れば、内与力の内藤様は雲の上の方だ。そのお方に、手のうちにある町娘を谷中の料亭に連れこんで遊興しているところを見られてしまったのだ。拙者は禁足五日、上役の水野様は禁足十日だ。町方を守るべき徳川《とくがわ》のサムライが、町娘を呼び出して、けしからぬことをしようとするとは何事か、とこういうわけだ」

「それでしばらくお顔をお見せにならなかった――」

市右衛門は頷きながら聞いている。

横には、与力の水野左衛門もいた。

「わしなぞ、女房殿にもコトが知れて、もう大騒ぎだ――。わしは町娘に手など出しておらぬというのに」

小さくなっている。

「なにを殊勝に。手を出そうとしていたではありませんか」

一穂は頰を膨らませる。

「こんなお転婆だとは思っておらんかったわい」

「カワイイって言ったくせに!」

「う、うるさい――。よく吟味もせずにカワイイと言った拙者の、一生の不覚である!」

吉田も水野も下を向いている。

その様子を見て、一穂は胸を張って言った。

「その点、内藤平馬様はさすがです。あの高級料亭で、堂々とされたあのお姿。背筋を伸ばして眉一つ動かさず、『水野と吉田ではないか。このような場所でどうしたの だ』なんて、低い落ち着いた声でおっしゃった――。『なに。手の内の娘をこのような怪しき場所に呼び出すとは、何事だ。これ娘、怖かったであろう。安心しろ。おまえの身は安全のまま家に届けさせる』と、きたもんだ。格好良かったァ。このカワイイあたしを、隙あらばモノにしようと、目尻を下げている水野様、吉田様とは格が違うと思いました」

「――ずけずけと申すな」

「拙者はモノにしようとなどしておらぬ」

「思ったことを申し上げているだけです。ああ、あのお姿。なんと格好のいい。やはり、男の格は外見でわかりますね。ヒヨワで背ばかりが高い吉田様、イヤらしく脂ぎったまん丸の水野様とは大違いでございます」

「同心を捕まえてヒヨワとはなんだ」

と、憤然と吉田は言う。

「けっ。どうせこっちは、ブ男ですよ」

水野も言った。

横で市右衛門が頭を掻く。

「申し訳ございません。ウチのバカ娘が不躾《ぶしつけ》に。こら一穂。おサムライ様に向かって何ということを。世が世なら切り捨て御免になっても文句は言えぬぞ」

「この天下泰平の世の中で、切り捨て御免が通るものですか。すぐに問題になって、お家も断絶よ」

「とほほほ……ひどい世の中になったものだ」

水野は、丸い肩をすくめる。

「だが――。拙者どもは今日、ここに愚痴を言いに来たのではない」

吉田主計は言った。

大きく息を吸い、同心らしく胸を張る。

刀の柄に手をやり、あらためて市右衛門と一穂を見下ろすようにした。

少しでも威厳を見せようとこういう態度である。

「は――。お役目でしょうかね」

相手はサムライ、こっちは町方である。市右衛門は体を縮めて言った。

「うむ。ちょっと、込《こ》みいっておる。同心の立場では動きにくい。悩んだのだが、行きがかり上、貴様らに動いてもらうのが一番良いと思ってな」

「はあ」

「――市右衛門、今の顚末《てんまつ》、横で聞いていてどう思った？　お主は奉行所のお役目も長く、経験が豊富だろう。今の話を聞いて、何かがおかしいと思わなかったか」

「……と、言いますと?」

「北町奉行の内与力が、あんな時間に、谷中で坊主と会っていたのだぞ——。そもそも町奉行は江戸の町方を取り締まるのが仕事。あのような寺町は、寺社奉行の管轄だ。町奉行の内与力が行くことなど滅多にない。だから拙者どもも、町中ではなく、谷中の店を選んだのだ」

「あ」

「調べたところ、あの坊主は、上野法光院《ほうこういん》の住職、法光院静海《せいかい》とわかった。法光院と言えば上野寛永寺の塔頭にあって歴史ある名刹《めいさつ》で、過去に本坊執当《しつとう》を輩出してきた。なかなかキナ臭い。だいたい、僧職にあってあの夜、寺外で酒を呑み、女を相伴させておったのだ。ナマグサもいいところだ。尋常ならざることと言わざるをえまい」

「ふうむ」

市右衛門の細い目が、ギラリと光った。

いいネタになりそうだと思ったとき、市右衛門は、醜聞を扱うかわら版屋の地が出たような鋭い顔をする。

だが横で聞いていた一穂は、あきれたような声を出した。

「なァに言ってんの。町奉行の内与力ともなれば、さまざまな政事《まつりごと》周旋も重要なお役目。密かに人と会うこともあるでしょう。あの器量のいい男が、そんな後ろ暗いことをするとは思えませぬ」

「一穂、この際、器量がいいかどうかは関係ない」

「ブ男のやっかみです」

「拙者がブ男かどうかも、この際、関係ない」

「あたしはブ男よりも、いい男が好き」

「一穂。拙者も、お転婆よりも、おしとやかな女性が好きだぞ」

「な、なによ！」

ぷっと膨れる一穂はおいておいて、吉田主計は胸を張り、水野を振り返る。

「ともかく、拙者は、この禁足の間、上役である水野様と密かに連絡を取り合い、じゅうじゅうに話し合った。何か、怪しいのではないかと。若輩とはいえ、仮にも拙者は北町奉行所の同心だぞ。その勘には自信がある」

水野も口をはさむ。

「わしも同意じゃ。町奉行の出世頭は江戸北町奉行、すなわち我らがおかしらの小田切土佐守様だな。そして寺社奉行の出世頭は、青山下野守《あおやましもつけのかみ》様。そして、町奉行と寺社奉行は旧来仲が悪い」

「──はい」

「ありていに言えば、小田切様と青山様は、次期老中の座を争っておられる関係だ。そして、ここ十年、町奉行から老中は出ていないが、寺社奉行からは、牧野《まきの》様、戸田《とだ》様と、いずれも老中に進んでおられる。地位から言えば青山様が有利」

「────」

「そのうえ青山様は血気盛んなかたで、はりきって全国の寺社の不正を次々暴いておられる。このままでは、次期老中は、青山様──そんな状況下で小田切様の配下の内藤が、寺町で政僧と酒を呑んでいる……。何があるのか、悪い予感がする」

「それを、てめえに調べろと」

市右衛門が言う。

「そのとおりだ、市右衛門。この件、我らが動くと目立ちすぎる」

「あたしは？」

「貴様は、どうも私見が入りすぎる」

「なによ、あたしばっかり蚊帳《かや》の外においてさ」

一穂はぷっと頬を膨らます。

「こう見えても、あたしも御用を承る身だ。へまなんかしないよ。それに、内藤様が無実だったとすれば、どさくさ紛れに内藤様にお近づきになるよい機会かもしれないじゃァないか」

それを聞いて、市右衛門は、じっと唇を触りながら考えていたが、

「そうかもしれねェ」

と言った。

「吉田様、水野様。確かにこの話、内与力様を調べるのには町方のあっしらのほうが便利かもしれねェ。いつも通り、報酬《あし》は出ねえだろうが、かわら版にはさせていただきますよ」

「元より、定法の通りだ」

「そして、いくばくかの活動資金《カネ》は必要だ」

「うむ──」

吉田は頷くと、内懐《うちふところ》から、切餅（二十五両）を出して、がちゃり、と市右衛門の前に置いた。

「？」

だがよく見ると、きちんと封に金座の印が押された正式の切餅ではない。

大きさの違う小判を重ねて、紙で作った短冊でまとめて、米粒で止めただけの、手

作りの『切餅風』のカネだった。

奉行所同心の台所事情は厳しい。

夜な夜な吉田が、へそくりを集めて、これを作っていると思うと切ない。

だが市右衛門は、

「へえ、確かに」

と、顔色一つ変えずにそれを受け取り、

「十日ごとに、御長屋のほうへ、報告にめえりやす」

と言った。

引き受けたということだった。

◇

ごおん、ごおん、と上野山のあちこちから暮れ六つ（午後六時）の鐘が聞こえた。

枇杷橋《びわはし》のたもとの切り株に座って、市右衛門と一穂は、谷中の山を見あげていた。

緑の木々が生い茂る、深い山である。

足元の細い川は、藍染川といって、上流で染め物をやっている。

この川は根津《ねづ》の谷を流れて、やがて上野不忍池《しのばずのいけ》に注ぎ込むのである。

「しかしなんだね。寺町だなんだといって、あちこちに隠れて金持ちの寮（別荘）がありやがる。怪しいなあ」

「上野山は、元より東叡山寛永寺様の寺領。寛永寺様は、寺ながら一万石を超える所領をお持ちで、寄進も多い。参勤交代《おつとめ》があるわけじゃァねえから、その辺の大名よりよっぽど金持ちだ。外様の大名家に泣きつかれて、あちこちにカネを貸していらっしゃるとも聞く。もとから町奉行の御威光も通じぬ場所だが、下手すると寺社奉行様の御威光も通じねえ場所なのかもしれねえぜ」

「ふうん、生臭い話だ――。この前も、坊主が女を侍らしてたもんなあ。ひでえもんだ」

「まあ、どの世界にも裏があるってこった」

「ふふふ。だが、そう来なくっちゃなァ。マジメづらした抹香臭い連中ばかりじゃ、このあたしの色気も通じないってもんさね」

「一穂――。悪いがてめえ、自分で思うほど、色気はないぞ」

「え、ウソ」

「ウソなものか――、だが、今回はお前のそのねえ色気に頼らなきゃァならねえかもしれねえってわけだ」

　ふたりがこの首ふり坂あたりの商店の聞き込みをはじめてから五日になる。

　すぐに、半月に二度ほど、上弦の月の夜と十六夜《いざよい》の晩に、谷中の普門院《ふもんいん》という塔頭で、なにやら怪しい寄り合いがあるということを突き止めた。

　なんでもサムライが集まる句と座禅の会で『十六夜句会』というものらしいが、不思議と、きれいどころも寺に入っていくというのだ。

　そしてそこには、どうやら内藤も法光院静海も出ているらしい。

　市右衛門は、いったん持ち帰り、吉田同心に報告したものだが、

「これは、一穂にでも、一度入り込んでもらってはどうか」

と言われた。

　吉田は、奉行所同心は寺町については不如意につき、まずはなんでも調べたほうがいいという考えだった。

　まあ、手下を自由に使うのが同心の仕事だが、それにしても乱暴な言い方だ。こちとら年ごろの美少女なのだ。手籠《てご》めにでもあったらどうするのか。町方を庇護《ひご》すべき同心としてもう少し配慮があってもいいではないか。

　——と思ったが、一穂は黙って引き受けた。これも仕事である。

昔は子供同士で遊び仲間だったが、今や時を経て、あっちは同心、こっちは手下だ。畜生め。

(そもそも吉田様《あやつ》は、このカワイイあたしを美少女だと思ってもいない。十歳の時に泣かせたことを、いまだに根にもってやがるのかなぁ？)

一穂は舌打ちをして、

「まあ、仕方がない」

と、ふたたび、浮かれ長屋のおとらに頼んで、髪を結ってもらった。

「さて――。そろそろ鐘も鳴りやむな。行ってくる」

「うむ。おいらはここで一晩控えている。何かあれば懐中の花火をあげろ。火種を絶やすなよ」

市右衛門は、元はサムライで、小太刀の免許を持っている。

「承知――」

一穂は首ふり坂をのぼって、左手《ゆんで》に路地を折れ、左右に塔頭が立ち並ぶ道を歩んで、普門院の前に出た。

寺の前には篝火《かがりび》が焚《た》かれ、屈強な寺ザムライのようなものが立っている。

一穂はそれを見ながら、さあ、どうしたもんかと考えた。

シレっとさりげなく、お召しの者ですなどと言えば、寺に入り込めるものだろうか。

路地にかかった橋の上をうろうろしていると――。

「おい――」

と声をかけられる。

ふと振り返ると、そこには、あの内藤平馬が立っていた。

（あ）

思わず一穂、目がちかちかした。

（いかん、いきなり美男が視界に入ってきて目の働きが止まったぞ。ふだんはおじさんやら吉田様やら、濁《にご》ったものしか見ておらぬゆえ）

口をぱくぱくしていると、

「そこをどけ、邪魔だ」

と内藤平馬は言い、前を通ろうとする。

内藤平馬の背後には、与力同心らしき男どもが、四名ほど同行していた。

（あれ――。これは）

一穂は怪訝に思った。

男どものうちひとりが、すれ違い様に一穂の顔を見て、

「おや」

と言う。

「おまえ、吉田のところの」

それを聞いて、内藤は改めて振り返り、一穂の顔を覗き込んだ。

「む？　おまえ――。確か、庭津亭で会ったな」

「は」

思わず、頭を下げる。

こっちは、何度も遠くからお姿は拝見していますけどね、と思ったが一穂は黙っている。

「その節は、大変お世話になりました――一穂にございます」

「あの日は、無事に家に帰ったか？」

「はい。ありがとうございました」

優しい言葉だった。

「今日はどうしたのだ」

「いえ、こちらで禅と句の会があると伺いまして――」

「む？　お前が、か？」

内藤はちょっと不思議そうな顔をした。

そして、じっと考え、

「一穂とやら。おまえ、そのことを誰に聞いた？」

「千駄木坂下町の茶店におじの知り合いがおりましてね。そちらで聞きました。毎月二回、同好の士が集まって『十六夜句会』と申される雅《みやび》な会が行われているらしいと――」

「ふうむ」

内藤は、一穂を見つめて唸った。

「残念ながら、貴様のような町方の娘が来るところではないぞ。すぐに帰るのだ」

「え？」

「寛政《かんせい》に入り、奢侈《ぜいたく》禁止の高札がたびたび出るようになって、さまざまな趣味方の大寄席はご遠慮の上、中止となった。だが、風流の火は消せぬもの。その志がある貴顕の士《もの》がささやかな土産物を持ち寄って、高貴な会話をする場なのだ。最後には、住職様からありがたい仏道の講和をいただく――。それだけの質素な場だ」

内藤は真剣な顔つきで言う。

万事派手で景気の良かった田沼意次《たぬまおきつぐ》公が失脚し、松平定信《まつだいらさだのぶ》公が老中になって以降、万民綱紀の粛正が行われ、贅沢《ぜいたく》禁止のお達しが頻発するようになっていた。ゆえに、小さな寄り合いであっても、世に憚《はばか》りながら、密かに行う必要があるのだ、と内藤は言うのだ。

「このようなひそやかな会であるゆえ、いきなり町娘が来ても、同人の皆様に迷惑をかけるだけだ」

その顔を見ながら、ああ、綺麗《きれい》な顔だなあ、と思った。

月代《さかやき》をきっちり剃《そ》って、髭《ひげ》も綺麗にあたっている肌は、男のくせにつるつるだ。

太い眉。

意思の強そうな黒目。

そして整った鼻筋。

見とれてしまう。

一穂は、そう思ったあと、

（おっと、いけねえ。思わず内藤様の美貌に見とれてしまった。こんなに間近で見たのは初めてでゆえ）

と首を振った。

そして、殊勝な顔つきで、

「はい」

と、俯《うつむ》いて見せた。

そのいっぽうで、頭の片隅で、

(やっぱり、なんか、おかしいな?)

と、思った。

世に憚るとは言え、なぜ、夕ぐれの六つ半(午後七時)から句会なぞを始めるのであろうか。

それに、表口からは武家や学者らしきものばかりが入っていくが、裏からは、年ごろの娘たちが入っているという。近隣の百姓どもには知られているぞ。

だが、その疑念を、顔には出さない。

「――ありがとうございます。あたしの勘違いだったようです」

一穂はそう言うと、しおらしく内藤に言い、引き下がった。

「うむ。もしお前が加わりたいのなら、日を改めるがよい。拙者がしかるべき筋を通して住職に紹介状を書かせてもらう。それでどうかね?」

「はい、嬉《うれ》しゅうございます」

こういって、内藤と普門院の門前で別れた。

内藤と部下の与力同心らしきサムライたちは慣れた顔つきで、わいわいと寺門をくぐっていく。

一穂は、しずしずと首ふり坂のほうに戻って、頃合いを見て、左手の草むらにざっと入り込み、舌をぺろりと出した。

(——って、こんな風に引き下がるあたしじゃァねえよ。ますます怪しいじゃねえかよ、この寺)

一穂は草むらを進んで、裏から普門院の墓場に入り込んだ。

そしてそこを抜けて、隠密よろしく普門院の本堂へ張り付いて、床下にもぐりこむ。

階上の本堂には、さわさわと人が集まって、酒食をしている様子だった。

(門前に『不許葷酒入山門《くんしゆさんもんにいるをゆるさず》』の石柱が立っていたが、笑わせらァ)

不許葷酒入山門とは、寺の中には酒と、葷(葫《にんにく》、葱《ねぎ》、韮《にら》など精力を増進する匂いのある食物)を入れることを許さないという煩悩を戒める言葉で、上野山中でも、禅寺の門には立っている。

だが、頭上の広間には、酒、葷どころか、料亭の折り詰めらしきものが持ち込まれているようだった。

じっと様子をうかがう——。

するといたことに、酒食のあとに女どもがどっと座敷におどりこみ、武家や僧職の男たちと、きゃあきゃあと、酒に任せたけしからぬ行為に及び始めたのである。

（――なんと――）

床下でじっと、女たちの嬌声《きようせい》を聞きながら、

「ふざけやがって」

一穂はひとり、奥歯を噛《か》んだ。

◇

江戸町奉行所の捕り方が、谷中普門院のけしからぬ者どもを一網打尽にしたのは、翌月の十六夜の宵五つ（午後八時）を回った頃であった。

寺内で、三十人を超える男女が猥《みだ》らな行為に及ぶなど、明らかな法度《はっと》違反であり、高札に掲げられた奢侈禁止、風俗紊乱《びんらん》禁令に反する行為でもある。

吉田主計の報告を受けた水野左衛門は、一晩のうちに報告書をまとめ、朝一番で北町奉行小田切土佐守に、余人をいれず、直接言上した。

小田切は、事態を深く鑑み、すべて秘密裡《り》に準備をするよう指示。水野以下の同心

がうちうちに準備を終えるのを待って、取り締まり当日の八つ半（午後三時）に与力を集め、自ら眼目《ほうしん》を説明した。

そして、わずか二刻（四時間）後に事案を決したのである。

事前に告知したため、内藤平馬を始め、手下の与力同心は現場にはおらず、町奉行所から捕縛者は出なかった。

素晴らしい手際である。

すぐに、寺社奉行青山下野守から、町奉行の越権行為であるとの厳重なる抗議があった。

「小田切殿。町奉行所の捕り方が、寺域に足を踏み入れるとは何事ですか！」

御城内本丸の御用部屋にて青山は、額に青筋をたてて申し立てたというが、小田切は、老中牧野忠精《ただきよ》の信頼を背景に、

「内通者がある恐れがあったゆえ、強引に進めるしかなかったのでござる」

と、押し切ったという。

牧野は元寺社奉行であるが、政権内では小田切に近い立場であり、このあたり両者の力関係は複雑怪奇である。

小田切は、重役を前に胸を張り、

「この事案には、多くの罪なき町娘たちが絡んでおります。彼女らの行く末を鑑みれば、最小限の人数で準備する必要がござった」

と堂々と説明した。

だが、もし事案が先に寺社奉行に漏れれば、小田切の部下にも捕縛者が出たはずだ。

そして、それは小田切の政治的な失点になっただろう。

それは望まれるものではなく、小田切はうちうちに事態を収拾する必要があったのだ。

だが、このままでは済むまい。

小田切はきちんとけじめをつける。近く粛清人事を行うはずである。

それは自明であり、北町奉行所内は緊張に包まれていた。

そんなとき、一穂は、内藤平馬に呼び出された。

場所は薬研堀《やげんぼり》矢《や》ノ倉町《くらちょう》の料亭こよみ屋である。

内藤平馬は、二階の奥座敷で、酒を呑みながら、一穂を待っていた。

内藤は、一穂が時間通りに、三つ指をついてあらわれると、酒を勧めたうえ、

「おまえ、定町廻り同心の吉田主計勝重のいぬらしいな」

と言った。

いぬ、とは密偵といった意味である。

端正な顔にくっついている大きな目玉をぎろりとこちらに向けており、行灯のあかりにきらきらと整った鼻筋が揺れている。

　まあ、相変わらず綺麗な顔だこと――。

　一穂はそう思いながらも、蓮《はす》っ葉《ぱ》に言った。

「いぬじゃァ、ございません。人間《ひと》にございます」

「吉田のお役目を果たしているンだろう？」

「こちらは日本橋の浮かれ長屋に住む、しがない町人にござんす。ご公儀のお役に立つてえことになれば、お手伝いをするのが筋というもの。それをいぬたあ、ずいぶんな言われようにございますなあ」

「あの日、谷中普門院の門前で会ったな。その前は三崎坂の庭津亭の座敷でも見かけた――。お前、なにを摑《つか》んでいる？」

「なンにも摑んじゃァございやせん。知っていることは全部、吉田様にご報告申し上げてございます」

　堂々とした物言いに、内藤は少しイラついたようだった。

「カワイイ顔をしやがって、いい度胸じゃァねえか」

サムライのくせに、急に、町方のヤクザの親分のような口の利き方をする。

しかし一穂は、

「カワイイ?」

ぴくり、と顔をあげた。

「内藤様、今、あたしをカワイイと?」

目が、きらきらと輝いている。

「どのへんが?　どのあたりがカワイイですか?」

頬は桜色に染まってきている。

「目かな?　それとも唇?」

その顔を見て、内藤は、ふっ、と小ばかにしたように鼻を鳴らして、言った。

「カワイイじゃァねえか。そんな小柄な町娘で、俺の顔をみつけりゃ、ぽーっとした顔で口をぽかんと開けて見とれやがる――。いい男は、好きかい?」

「好き。あたしゃ、いい男が好きで、ブ男が嫌い」

「ふっ」

内藤は、酒を粋《いき》にきゅっと呑み、

「カワイイやつだ。こっちへ来な」

と膝を開いた。

その姿を見て、一穂は、あぁ、なんていい男なの、と思った。

仕草のひとつひとつが粋なのだ。

こんないい匂いがする着物を着ている男も自分のまわりにはいない。

それに、裏がありそうな悪い男って、素敵よね。

吉田主計のように、裏なんざ、なーんにも無さそうな、純情一直線のお坊ちゃんよりも、ずっと色気があるってもんだ。

この勢いで、近くに侍っちゃおうかしらん。

そんなふうに考えたそのとき、内藤は素早く体位を入れ換えるが早いか、一穂を押し倒す。

（わ！）

と、思ったのは一瞬で、内藤は両目を吊《つ》り上げ、両手で一穂の細い首を摑んで、絞めあげにかかった。

「てめえ――。余計なことをしやがって！　あの『十六夜句会』はな、俺が法光院静海様と長い期間をかけて準備した仕掛けだったんだ。色っぽい秘密の会を催して、政敵の要人どもを集めておいて、寺社奉行に一気にお縄にしてもらう……。お縄になる中には、奉行所の同心どもも含まれる。当然そいつは、小田切様の責任問題になっただろうよ。俺の妻の実家は青山様の縁続き。小田切様を蹴落とした青山様が老中になった暁には、この俺もまた、城中に上がる目論見《もくろみ》だった。そのときは静海様が青山様のご推挙で、上野寛永寺の本坊執当になる。そういう算段だったんだ。全部、台無しにしやがって、この野郎」

「う、ぐっ、ぐっ」

一穂は目を剝《む》いてうめいた。

く、苦しい。

いくらいい男でも人殺しはまっぴらだ。

声も出せずに両手をバタバタした、そのときだ――。部屋の襖がどおん、と開いて、奉行所の捕り方がどっと飛び込んできた。

内藤はあわてて一穂を放り投げ、床にあった脇差に手を伸ばしたが、捕り方の中にいた黒い影がさっと近づき、十五寸（約四五センチメートル）ほどの短い小太刀をぬいて首筋をビシリと峰打ちにした。

市右衛門であった。

すぐに吉田主計の、

「取り押さえよ！」

という声が聞こえ、いくつもの六尺棒が繰り出され、内藤平馬は身動きがとれなくなった。

「何事だ！　俺は北町奉行所の内与力、内藤平馬なるぞ。無礼を働くな！」

「内藤殿。今の話、しかと聞き届けましたぞ」

吉田主計は言った。

「なにを！」

「これは、老中方からの下知を受け、御奉行様の御指図を頂いたうえでの捕り物にございます。申し開きは小田切土佐守様へ直接なさいますよう」

そう言っておいて、吉田は、内藤平馬を押さえている捕り方どもに、

「縄は打つな」

と命じた。

するとと吉田の背後から、漆塗りの陣笠《じんがさ》をかぶった与力の水野左衛門が、小太りの体を揺すって進み出て、

「内藤殿――。サムライに縄は打てませぬ。ご同道いただきたく」

と抑え込むような口調で言う。

その言葉を聞いて、内藤は観念したように、どっと肩を落とした。

その横で一穂は、畳の上にくの字になって倒れこみ、喉を押さえながら、

「お、遅い～」

と、かすれ声で抗議した。

「殺されるところだったわよ。もう少し早く助けてよ！」

「何を言っている。この期に及んで、内藤殿の色気に迷いおって。いいかげん、カワイイという言葉を聞くたびに腰が砕けるのはやめてもらおう」

吉田は言った。

それを見ながら市右衛門は小太刀を納め、慎重に腰の帯にさしながら、

「一穂、てめえが早く本題に入らねえからじりじりしたぜ。そもそも本気でてめえの色気が内藤に通じているとでも思っていたのか」

と笑う。

「ち、ちくしょう。どいつもこいつも、あたしを乱暴に扱いやがって。こちとら、うら若き江戸美人だぞ、もう少し、大事に扱ったらどうだ」

「子供の頃から知っているが、――おまえが、そんなタマなものか。いい加減、少しは落ち着け」

吉田が手際よく仕事をしながら、あきれたように言った。

◇

三日後。

日本橋佐内町の浮かれ長屋のかわら版屋〈浮かれ堂〉では、新しいかわら版が刷り上がった。

谷中『十六夜句会』の秘密
　公儀の武家、学者、坊主ら二十名
　みだらな行為で、一網打尽
　町娘十名捕縛も家に帰される

派手な見出しに、ふざけた挿絵《さしえ》。

「うっひっひ、こりゃァ、売れるぜ！」

市右衛門は、墨の匂いがたちこめた長屋の一室で、嬉しそうに言った。

なにしろ、偉そうなサムライどもが、夜な夜な谷中の塔頭に集まって、美女を集めて猥らな行為にふけっていたのだ。

町人たちはこういう醜聞が大好きだ。

このかわら版、飛ぶように売れるに違いない。

だが、吉田主計の指図にしたがって、内藤平馬がこれにかかわっていたことは書かれていない。

情報元である北町奉行所にとって不利なことは書けないのだ。

内藤は内うちに罷免され、地方の御料代官に左遷されるという話だった。

それを書けない分、坊主が美女と抱き合っているアオリ絵を入れた。

これなら、目立つに違いない。

「一穂、これを、日本橋の高札場の前に行って、売ってこい！　そして、儲《もう》かったら、そのまま魚《うお》市場へ行って、鯛を買ってこい」

「骨じゃなくて?」

「ああ、骨じゃなくて、身がついている奴だ！」

「うわああ、やったあ」

「塩焼きと、うしお汁を作るぞ。ひひひ」

「楽しみだよお」

「ところで」

市右衛門は言った。

「おまえの言う通り、かわら版のいちばん下に、こんな記事も載せたが、これでいいのか？」

「ん？」

一穂は、そのかわら版を見て、うんうんと満足気に頷いた。

そこには、

北町奉行所与力　水野左衛門　は　助平でブ男　なり
北町奉行所同心　吉田主計　は　薄情なボンボン　なり

と刷られていた。

ひょろりと背の高い吉田と、ずんぐりむっくりの水野を、お猪口《ちょこ》と徳利《とっくり》のように、からかい絵に描いた。

吉田の絵は、長屋のどぶ板の上で、頭に硯がぶつかっている頓狂な顔――これでいいのだ。

　これぐらい書かせろ。

「ざまあみろ」

　一穂は言った。

「幸せに暮らしたかったら、もう少し、あたしを大事に扱えってンだ！」

奉行のオゴリでウナギを食おう

今年も土用《どよう》の丑《うし》が近づいて、江戸の町のあちこちにあるウナギ屋から香ばしい匂いが漂ってくるようになった。

特に大川《おおかわ》（隅田川《すみだがわ》）沿いの今戸《いまど》から浅草《あさくさ》、両国《りようごく》にかけての町には、ここ十年ぐらいで江戸前を謳《うた》うウナギ屋が爆発的に増えて、町人どもが殺到している。

一穂と市右衛門は、永代橋《えいたいばし》南の新川《しんかわ》の堀の口、三《さん》ノ橋《はし》のたもとに出て、釣り糸を垂らしていた。

「——おじさん、本当にウナギが釣れるのかい？」

「当たり前だ。ウナギは大川名物じゃねえか」

「それより、ウナギ屋に行ったほうが早いンじゃァないの。最近は蒲焼《かばやき》には、酒と醤油にザラメを入れたタレを使うと言うぜ。それに『付けメシ』と言って、白飯《しろめし》が食い放題だそうだ。ウナギを、白飯の上に載せて食ったら、タレが染《し》みて、そりゃぁうまいんだとよ」

「いくらだ」

「え？」

「いくらだって言ってンだよ」

　市右衛門は、一穂をじろり、と見た。

「今戸の大野屋《おおのや》なら五百文。銀座の深川屋《ふかがわや》だと、四百文」

「そうだろう！　その辺の店でも二百文は下らねえ。お大尽じゃァあるめェし。それだけありゃァ、何日暮らせるとおもってやがる」

「そのへんの屋台なら、八文串があるよ――。タレは溜《た》まり醤油かもしれないけれど」

「てやんでえ、まっとうな江戸っ子がそんな半端なウナギを食えるか」

「でも、土用の丑だよ？」

「てめえ、その大事な土用の丑を、屋台のぶつ切りでゴマかそうってえのか、野暮な野郎め。江戸っ子ならば、作法の背開きに割り下タレと相場が決まってらあ。雑なイナカモンじゃァあるめぇし、そンなもん食うぐらいなら、てめえで釣ってやるってもんだ」

「とほほほ」

一穂は、しゅん、と俯いて水面《みなも》に浮かぶウキを見る――。

このあたりの堀の口、石垣の間には、江戸前のウナギがたくさん棲みついているらしい。

だが、そもそもそれを捕るのは月島《つきしま》あたりの玄人漁師の仕事だ。漁師は仕掛けを作ってウナギを一網打尽にすると言う。日本橋佐内町に住むしがないかわら版屋が、つけ焼き刃《ば》のミミズ餌でそうそう釣れるとも思えない。

そんなことを考えつつ、永代橋西詰の屋台から川を渡ってくる魚を焼く匂いを嗅いでいると、ぴくり、とウキが揺れた。

「ん?」

一穂は顔をあげた。

「き、来た!」

浮かれ長屋のおとらの旦那の松五郎が釣り好きで、ウナギ釣りにはミミズを使うもんだと教えてくれた。それで塵《ごみ》捨て場を漁《あさ》って、太ったところを集めてきたのだが、それが良かったものか。

一穂は釣竿《つりざお》を、必死で引っ張った。

「うわ、重い！」

ぐぐ、と引っ張って、格闘するうちに、何やら長いものが上がってきた。

「やった！」

「おお、すげえ」

ふたりは興奮してそれをあげる――しかしそれは……鼻緒の切れた雪駄《せった》に帯がからんだものだった。

「…………」

「…………」

一穂はがっくり肩を落とし、言った。

「やっぱり、こんなに騒がしい大川でウナギを獲《と》れるってぇのは、玄人漁師の腕さ。奴らきっと、特別にうまいミミズを飼ってやがるんだ」

「畜生メ！」

市右衛門は悔しそうに唾を吐く。

「くそう、地道に働いているおいらたち貧乏人が、気楽にウナギが食える世にならねえもんかなあ」

「この町じゃァ、ゼニを持たねえ町人は食いっぱぐれだからねえ」

「ちくしょう、土用ぐらいは、おかみからウナギの下されがあってもいいものだ！」

勝手なことを言いながら、ふたりは帰り支度を始める。

釣竿を片手に道にあがり、霊岸橋《れいがんばし》を渡って南茅場町《みなみかやばちょう》に入ったが、その角に『喜多川《きたがわ》』という江戸前を売りにするウナギ店があった。

立派な太い梁《はり》を持つ店先に焼き場があって、奥と二階に席を設けた店である。

盛んにウナギを焼いていた。

ふたりは恨めしそうに店先を眺める。

たすき掛けをした威勢の良さそうな職人が、

「江戸前！　江戸前だよ――」

と言いながら盛大に煙を路上に扇《あお》っていた。

炭のうえで躍る串焼きは、江戸流の背開きという奴で、蒸しにかけて余分な脂を落としてある。刷毛《はけ》で盛んにタレを塗っており、その身はふわりと柔らかく、口の中で溶けるようだという。

それに最近の高級店では、最近地回りで出てきた『味醂《みりん》』という不思議な酒を調味に使うらしい。

それがどんな味なのか、余人は知らぬ。

「あ――いい匂いだ」

一穂はおもわず半目になって、ウナギの煙にうっとりとした。

「た、たまらん」

市右衛門も遠くを見る目つきをする。

すると薄汚れた二人の身なりを見て、店先の職人が、

「ゼニがねえなら、邪魔だぜ」

と言った。

「こちとら客のために煙を食わせてるンだ。買わねえ奴は客じゃァねえや。どいてくれ」

「なんだとお」

一穂は職人を睨んで、あっかんべえをする。

「てめえだって、町方の貧乏人だろうに、偉そうにしやがって」

市右衛門も顔をしかめて毒づいた。

「その辺で獲れるウナギをいいようにして何百文も取りやがって、コンちくしょう。

夜泣き蕎麦《そば》を見習え。どこへ行っても十六文で食えらあ！」

と、その時。

店先から、ほくほくとした表情で折り詰めを持って出てきたサムライがいる。

北町奉行所の定町廻り同心、吉田主計勝重であった――。

「あ、吉田様！」

「お」

吉田は驚いて目を瞠《みひら》いた。

同心長屋は八丁堀。南茅場町のすぐ近くだ。

（こ、この貧乏同心！　普段はあたしら町方をいいように使ってるくせに、その御用で稼いだカネで、てめえだけウナギを食おうってえのか。ふてえ野郎だ！）

一穂の脳裏に、怒りの火花が散った。

「なにをなさっておるのですか！」

一穂は叫ぶように言った。

「な、何って」

「吉田様、あなたさまは、三十俵二人扶持《ぶち》の貧乏同心の分際で『喜多川』のウナギを食らおうというのですか！　し、しかも、付けメシ付きではありませぬか。文武に励み、節食に甘んじねばならぬ徳川のサムライとも思えぬ贅沢をなさって！　そんなことで江戸の町が治まりましょうか」

「関係なかろう」

吉田はむっとする。

「貧乏同心で悪かったな。貴様らはその同心の貧乏手下ではないか」

吉田主計は口をへの字に曲げて複雑な表情をした。

「あなたが情けないから、われら下の者も貧しいのです」

「ひどい言われようだな……」

「ああ情けない。吉田様はそれでもサムライですか。民の上に立つものとして恥ずかしくないのですか。うまそうなウナギを見たら、まず、われらの顔を思い浮かべ、ああ、カワイイ町人どもにもウナギのひとつも食わせてやりたいものだ、そういうふうに考えるのが、士道というものではありませんか」

「バカを言うな、そんな士道は聞いたことはない」

吉田は開き直ると、

「なぜ拙者が、メシを食うたびに貴様らの顔を思い浮かべねばならんのだ」

「ああ、情けない。お父様はそんなひとではありませんでした」

「バカ言うな、父上のケチぶりは息子の拙者のほうが知っておる」

と言った。

そしてため息をつき、

「それに、市右衛門、一穂、あわてるな」

と折り詰めを、両手で抱くようにした。

「これは拙者が食するウナギではない。貴様らが言う通り、拙者のような貧乏同心では、軽々に『喜多川』の虚空蔵《こくうぞう》を拝めるような給金はもらっていない。これは、おかみの使いなのだよ」

虚空蔵、というのはウナギの別名である。

「おかみ――？　誰ですか？　水野様？」

「いや、いや」

「教えてください！」

一穂と市右衛門は吉田に迫った。

「もぉ、なんじゃ、なんじゃ。町中でばったり会ったと思ったら、目を血走らせてウナギウナギと」

「われら町人にとっては大事なことです！」

吉田は、仕方ないなあ、とため息をつき、言った。

「他ならぬ貴様らだ。教えてやろう――。これは、北町奉行小田切土佐守様の命を受けた内与力、鳥居出雲守《とりいいずものかみ》殿の直々のお指図なのだ。昨今名高い、江戸前のウナギを買ってこい、となあ。必ず江戸前を買ってこいというお達し。いろいろ思案したが、名高い『喜多川』であれば信用がおける。それでひとっぱしり、な」

「ほう」

「またなんで」

「ふうむ、詳しくはわからぬので、あて推測するしかないが――。小田切様は、江戸の前は大坂町奉行だった。大坂のウナギは、いろいろ江戸のものとは違うらしい。蒸さぬので脂っこいというし、腹から割《さ》くとも言う。皿に盛るときは、串からわざわざ抜くそうな。きっとこれは、江戸の下々が好むものも一度食って、世情を知っておこう、ということではあるまいか。これも大事なお役目だ」

「へえ。お奉行ともなれば大層なものですな」

「わかったか。これは公用であって、私用ではない」

吉田は胸を張る。

それを見て、一穂は言った。

「つまり、吉田様は、食べないと？」

するると吉田は、視線を泳がせてトボけた顔をした。

その顔を見て、カッときた一穂は、吉田にとびかかる。

「き、貴様！」

「な、なんだ」

「さては、奉行所同心の権威《かんばん》を笠《かさ》に着て『喜多川』に蒲焼を出させたのであろう！」

「うっ」

「よく見れば、口元に山椒《さんしょう》のあと。それに、その満足そうな蕩《とろ》けた顔――図星であろう！」

すると吉田は、開き直った。

「し、下っ端同心として、お奉行様のお使いをしたのだ。それぐらいは役得であろう。拙者は何も言わぬが、店のほうが、お待ちの間こちらを食してください、と忖度《そんたく》をして出されたのよ」

「奉行所の同心が来れば、店だって何も出さないわけにいかぬだろう！　なんたる横暴。きたねえぞ。サムライは、きたねえぞ！」

一穂は、地団駄を踏む。

それを見て吉田は、ふふん、となぜか勝ち誇ったように言った。

なにしろ腹中には、江戸前のウナギがある。

心に余裕も生まれようというものだ。

「いや、これもお役目、仕方がない。しかし美味《うま》かったな。さすが『喜多川』だ。江戸前を名乗るウナギ屋は数あれど『喜多川』ほどの店はなかなかあるまい。皮はぱりっと、身は締まっておる。江戸前の蒸しが効いているから、タレが染みこむ。そのタレも、食したことのない甘じょっぱさだ」

「くそ」

一穂は奥歯を嚙みしめ、もう涙を滲《にじ》ませている。

悔しい。

ウナギは町方のものなのに。

「吉田様を、見損ないました――」

「なにを言う。たまたまお役目があり、嫌がらずに引き受けた。日頃の心掛けがこの幸運をもたらしたわけだ。うん、うん」

「ひ、ひどい」

「ともかく、この折り詰めは、激務にお疲れのお奉行様に食してもらう。はっはっは！　御免」

そう言うと、吉田は振り返り、意気揚々と去っていく。

「ぐ、ぐやじー」

一穂は、キーッと袖を噛んだ。

◇

一穂は急ぎ長屋に帰ると、すぐに机に向かい、何やら文《ふみ》を書き始めた。

市右衛門が覗くと、そこにはこう書いてあった。

——北町奉行所　同心吉田主計は、ウナギを食っている也

「なんだ、それは」

「目安箱に入れてくる！」

「ちょっと待て。吉田様がウナギを食ったからといって、何が悪いのだ？　それに目安箱は、もっと大層な揉《も》め事や役人の汚職を告発するための箱だ。老中様や将軍様に

吉田様の昼飯の話をしてどうするというのだ！　誰が問題にするものか」

「だってえ」

一穂はばたりと四畳半に倒れて、手足をバタバタする。

「悔しいんだもん～。あたしだって、ウナギが食いたいんだもん～」

「待て。少しは落ち着け」

市右衛門は、台所に降り、鍋を開けて、こういった。

「貧乏でウナギが食えぬ俺たち店子《たなこ》の心を慮《おもんぱか》ってだな、大家さんところのおかみさんが、こんなモンを長屋に配ってくれたぞ」

市右衛門が取り出したそれは、茄子《なす》の蒲焼であった。

みずみずしい茄子を縦割りにして、刻みを入れ、葱《ねぎ》みそを塗って、醬油と酒のタレをかけ、炭で丁寧に焼いたものである。なるほど、形も色合いも、ウナギのそれによく似ている。

長屋の貧乏人にもせめて、土用の丑の雰囲気を味わってほしいという大家の親心であろう。

ふたりはそれを間において、それぞれ箸でちぎって口に放りこんだ。

「うまい――」

「うむ」

「…………」

「…………」

しばしの沈黙のあと、ふたりは、ばたん、と倒れこんで、

「あああああ〜〜〜」

「やっぱり、ウナギのほうがいいー」

と、畳の上をごろごろと転がる。

「一穂。こうなりゃ、マジメに働いてこつこつとカネを貯め、『喜多川』のウナギを食いに行くしかねえぜ。どっと売れるようなネタを探して、かわら版に仕立てて、稼ぐのだ」

市右衛門は言った。

「ああ、なんか、かわら版が売れるような、面白え事件はあるまいか」

「ちくしょう」

一穂は言った。

「こうなりゃ、武家の醜聞《ネタ》を探してやる」

「ん？」

「狙いは小田切土佐守様でどうだ」

「なんだと？」

「公儀の奴ら、あたしら町人にさんざん奢侈《ぜいたく》禁止のお達しを出したうえ、年に一度の楽しみにまで手を出しやがって。なにが下々の食すものを食ってみよう、だ。そもそもウナギは、サムライやらお公家やらが食う上等品じゃァねえ。元はあたしら貧乏人の食いモンだったはずだ。それが今や、値段が高騰《あが》って、長屋の貧乏人は滅多に食えねえ。おかしいぜ！」

「待て待て。仮にも俺たちは、奉行所の御用を承る身だぞ。それが天下の北町奉行の醜聞《しゅうぶん》を狙おうてえのか」

「構うものか、わかりゃァしねえよ」

「そうかなあ」

「あたしら浮かれ草子が、ふだんかわら版を配っているのは日本橋の橋詰だ。それを下谷《したや》の広小路か、芝神明《しばしんめい》あたりまで遠出して配れば、知られずに稼げるはずさ――」

「あっちにゃあ、あっちの親分さんがいるだろ」

「一度ぐらい、構わねえよ。見てろぉ。食いモンの恨みを晴らしてやる」

一穂はそう言うと、茄子の蒲焼をもうひとかけ、口にほうり込んだ。

きゅっ、きゅっと、茄子の皮を奥歯で嚙みしめる。

うん、これはこれでいい味だ。

だが、やはり、ウナギが食いたい。

◇

一穂は、井戸の水で腹を満たすと、さっそく神田和泉橋《いずみばし》近くの小田切土佐守屋敷に向かった。

川を渡った神田佐久間《さくま》町のあたりは、津《つ》藩藤堂《とうどう》家上屋敷の門前で、大小の武家屋敷が立ちならぶ。

だが、それだけというわけでもなく、御家人の御徒《おかち》屋敷のような長屋や、町民地、職人町も混在する気の置けない街並みだ。下谷の広小路も近い。

小田切はここに六百坪と言われる屋敷を構えており、同時に役宅としていた。千石を超える高給を賜る旗本であり、天下の江戸町奉行の任にある小田切ほどとなれば別に役宅を構えてもいいものだが、そうしない。

自宅を役宅としては気が休まる暇もあるまいと思うが、そこはさすがに名奉行である。休みなく働くという意思表示であろう。

屋敷の門は立派な長屋門で、下人が詰める番部屋が備えてあったが、それにしても出入りが多い。

わいわいと同心らしきサムライが門を出たり入ったりしているかと思えば、面小手を持った少年たちが行きかう。

「なんと賑《にぎ》やかな屋敷だろう」

門前の茶屋の入り口に立って、思わずつぶやくと、前掛けをした豆狸《まめだぬき》のようなオヤジが近づいてきて、言った。

「そりゃァ、そうさ。土佐守様はただの奉行とはわけが違う。火消や町奴《まちやっこ》のような気の荒い連中を集めて面倒を見ている。喧嘩《けんか》っ早い不良どもを更生させようと、屋敷の道場を開放したり、読み書きを教えたりもしているんだぜ。なにより、江戸の町の公序風俗を学ばねばならんって御自ら勉強までしてるてえんだから、てえしたもんだ。まったく、偉《えれ》ぇ奉行がいたもんだ」

「へえ」

「それはそうと、そんなところに突っ立ってねえで、茶のいっぺえ、団子の一本も注文してくんな」

「ゼニがねえのさ」

「ははは。そりゃァ、いい。江戸っ子らしいってもんだ――。じゃァ、しかたがねえ、ただそこに立たれるのも癪《シャク》だから、白湯《さゆ》のいっぺえも出してやらあ」

オヤジは笑って、茶碗《ちゃわん》を渡してくれる。

一穂はそいつを斜めに持ちながら、柱に寄りかかって、小田切屋敷を眺めていた。

すると、そのうち、門内で、騒ぎが始まった。

男たちがぎゃあぎゃあ騒いでいる。

そのうち、門内から煙があがった――火事ではない。なにか、炭を熾して焼いているのだ。

「む――この匂い」

一穂は、鼻をぴくぴくさせた。

「醬油が焼ける匂い――。なんだろう?」

見ると、門のうちを、与力の水野左衛門が走っているのが見えた。

しめた、知り合いだ。

一穂は突っ走って行って門に近づき、門番に六尺棒でとめられるのを大声で、

「水野様！　水野様！　浮かれ堂でございます」

と声をかけた。

するると水野は、それに気が付き、

「おお、一穂！」

と、丸い体をゆすって近づいてきて、門番に、これは手の者であるゆえ問題ないと説明してくれた。

「どうしたのだ。御役宅になにか用か？」

「いえいえ、何も。ただ、用事があって神田の町を歩いていたところ、お屋敷前を通りましたらば、この騒ぎでございます。いったい何があったのですか」

「それなのだ――」

水野は、顔を歪《ゆが》ませた。

「また面倒な騒動が起こってな」

「ほう」

「まあ、中に入りやれ――」

水野は一穂を、役宅の中庭に招き入れてくれた。

すると、そこには巨大な平桶《ひらおけ》が四つ、五つと並んでおり、役人たちがその真ん中で七輪の火を熾している。

「こ……これは」

どうやら桶の中にはなにものかがいる。

ウナギ――ウナギのようだ。

上がり座敷の畳の上に、上席与力らしき威厳のあるサムライが座っており、おもむろに、

「ものども、捕らえよ」

と声をあげた。

すると、若いサムライどもが、たすきに鉢巻き姿で大桶に入り、その桶の中のウナギを摑もうとして、四苦八苦しはじめた。ぬるぬるしてうまく摑めない。よく見ると、その中のひとりは吉田主計である。

「なにをやってるンですか――」

一穂はあきれた声を出した。

水野は言った。

「ううむ。実はな、目安箱のほうに密告《みっこく》があったのだ」

「密告?」

「土用の丑にかこつけて、タビモノのウナギを、江戸前と偽って仕入れ、荒稼ぎして

いる不届きなる料理店が増加しているとの告発であった」

「へ？」

「元よりウナギは、深川沖の松棒杭《まつぼうくい》と、品川洲崎《すさき》の海に立てられた壱番杭《いちばんくい》の間で獲れたもののみを『江戸前』と名乗るが定法であろう」

「はい、いかにも、そのとおりでございます。海であればその範囲。さらに川であれば大川でも浅草川以下（吾妻橋《あずまばし》より下流）のみを江戸前と称します。それ以外のウナギとなりますと、タビモノと称され、一段下とされるだけでなく、江戸っ子の食い物としては俗とされまする」

「そうだな。この範囲で獲れたウナギは、味も風味も上物とされ、江戸市中では最低でも二百文、三百文。高い店となると、五百文も六百文も取る高級料理となる――」

「はい」

「同じウナギなのに、川崎《かわさき》や市川《いちかわ》といった府外で獲れたものと江戸前では、値段が二倍も三倍も違うのだ」

「江戸っ子は、格式に煩《うる》そうございますゆえ」

「そのとおりだ。同じ鰹《かつお》でも初ガツオとなると、通常の十倍の値段がつく――。まったく、江戸っ子というものは、意地と見栄《みえ》が服を着ているようなものだ」

「江戸っ子にとって、土用の丑に江戸前のウナギを食うのは、それほど大事なことなのでございます」

「だがな、天下の台所を預かるご公儀奉行所にしてみれば問題だぞ」

「なんですと」

「同じ物品の値段が季節ごと産地ごとに激しく上下する。米価や金貨の不安定さだけでも頭が痛いのに、この江戸の町ときたら、見栄と流行で値段が上下する。なにもウナギなど、土用の丑に食わなくてもよかろうに」

「と言われましても、食いたいもんは、食いたいです」

「これは城内においても、議論が分かれるところなのだ。物品が変わらぬのだから公儀が介入して値段を安定させるべきではないか――。奢侈《ぜいたく》禁止令を強化して、ウナギを禁止し、ここ十年で盛り上がった土用の丑のバカ騒ぎを抑え込むべきではないか。そんな意見がある一方、江戸っ子どものウナギへの執着を考えると、大目に見るべきと言う重役もいらっしゃる。これは、本丸を二分する議論なのだ」

「あら、まあ――」

江戸城の奥で、お偉方もずいぶんくだらない議論をしているものだ――。

と、一穂は思った。

ウナギなんざ元々が、その辺で獲れる町人の雑多な食い物だ。ご公儀がどうこうする話でもあるまい——と思うのだが、サムライたちにとっては、そんな簡単な話でもなさそうだった。

「そこへ、目安箱のこの告発だ。ウナギを御統制にかけるのはとりあえず先送りにして、まずは不正のみを取り締まらんということで、お歴々の方針は決した。その命令が北町奉行小田切土佐守様に降りてきたというわけだ」

「ほう」

一穂は吉田主計がさっき『喜多川』のウナギを買っていたのを思い出した。

きっと、お奉行も内与力様も、このお役目のために江戸前のウナギを買うように命じたのだ。

まったく、吉田様はそんなことも知らずに気楽なものだ。店で蒲焼を出させてつまみ食いしている場合か。

「多忙な小田切様はこのことを、部下で内与力の鳥居出雲守様に一任した。鳥居様は、ほれ、あの座敷に座っておられるかただ」

背を伸ばして見ると、背が高く、やせ型で、頬がこけた謹厳そうなサムライが背筋を伸ばして端座している。

「で——、今から何をしようというのですか？」

「庭に並べられた桶には、江戸府中の、主だった店から押収してきたウナギが入っておる。それらを今から食して、江戸前か、タビモノかを判じようというのだ」

「なんと」

見ると、吉田主計をはじめ、若手の下っぱが、大桶の中でぬるぬるのウナギをつかもうと、へっぴり腰で踊るような仕草をしている。

あれではウナギを調理する頃には日が暮れてしまうであろう。

一穂はため息をついた。

しかし、ここには、こんなにウナギがある。

江戸じゅうの料理店から押収してきたものであれば、高級品であろう。

ふうむ。

一穂は、考えた。

そして、一歩前に出て、大声で言った。

「お役人がた！」

庭先に集まったサムライやらなにやらがこちらを向いた。

「何者じゃ」

内与力の鳥居出雲守が誰何《すいか》した。

一穂は、すかさず庭の土の上に膝をついて両手をおき、頭を下げる。

「おそれながら手前、こちらにおられる奉行所与力水野様が配下、吉田主計様にお世話になって町方探索の役目を賜る、日本橋佐内町のかわら版屋、浮かれ堂の一穂と申しまする」

「え？」

尻をからげて両手にウナギをつかんでいる吉田主計が慌ててこちらを見た。

「なんで、一穂がここにいるのだ？」

「吉田、確かか」

「は、はい。確かに、わが手の者、浮かれ堂の一穂でございます」

「ふうむ――。で、なんだ。何か言いたいことがあるのか」

「おそれながら――」

一穂は顔をあげ、胸を張って言った。

「たった今、水野様にご事情は伺いました。ですが、おそらく奉行所お歴々の皆様には、江戸前、タビモノの目利きは難しいかと存じます」

「むっ」

「おそれながら申し上げまする。聞けば小田切土佐守様は、先の大坂町奉行様にていらっしゃり、江戸の駐在はまだ短くおわします。内与力様も、小田切様が遠国奉行の中から選《え》りすぐりたるかたと伺っております」

「――――」

「いずれもわれらから見れば雲の上のかたにておそれ多いことなれど、こと江戸前のウナギとなれば新参者。味はわからぬと存じます。それができるのは、われら江戸の町方のみでございます」

「だが、味が違うというではないか。食ってみなければわからぬ。先ほど皆で江戸モノに間違いないとされた『喜多川』の串打ちと、和泉橋の『春木屋《はるきや》』の重を取り寄せて食した。この味よりも劣ればタビモノであろう」

「いいえ、その味、実に微妙でございまして、タレが違えば味も違います。その区別には、江戸っ子町方の慣れたものの力が必要かと存じます、いかが」

「ううむ。そうかもしれぬなあ」

　鳥居は頷く。

「おそれながら手前、日本橋佐内町に居を構えたる江戸っ子にて、江戸前のことには多少詳しくございます。奉行所のお役目も長くつとめてまいりました。よろしければ、明朝五つ半（午前九時）、目利きの者を連れてこの役宅まで参上いたします」

と、ここで、一穂は顔を上げた。

その大きな黒目がちな瞳が、きらきらと輝いている。

その顔を見て吉田、あ、こいつ、ろくなことを考えていないぞと慌てて口をぱくぱくしたが、もう遅かった。

「よし――。佐内町浮かれ堂の一穂とやら。きっと明朝、ウナギの善《よ》し悪《あ》しをわかる者どもを連れてこい」

鳥居出雲守は言った。

「は」

「何か他にあるか」

「はい、桶のウナギには、今夜、井戸水をまめに替えてやってください。泥を吐き、味があがりまする」

「あいわかった」

鳥居は頷く。

「なぜウナギを吟味するのに、味をよくしなければならぬのかわからぬが、まあいい。わしもこのお役目、いったいどうしたものかと悩んでいたのよ。江戸の町方のものでも、おかみの役目を賜るものであれば、信用できよう。目利きが使えるのであれば、それに越したことはない」

「は――。あと、炭は上等な備長炭《びんちょうたん》。お茶は、香り高い遠州《えんしゅう》ものがよろしゅうございます」

◇

翌朝、五つ半――。

小田切屋敷の門前に打ち揃《そろ》った一団を見て、吉田主計は頭を抱えた。

「やっぱり、だ」

正面に一穂がキリッと藍の着物で身なりを整えているのはよいとして、後ろに控えた蓬髪《ほうほつ》の男。髭を長々と伸ばして講談に出てくる塚原卜伝《つかはらぼくでん》のような名人の雰囲気を醸し出した男。――マジメづらをしているが、これが、どう見ても市右衛門なのである。

そして背後にいる三人の男たち――。

挟み箱を持った医者の弟子のようなたたずまいの若造。これは浮かれ長屋で一穂の斜め前の部屋に住んでいる本所の大工の弟子で、与三二という。普段は威勢ばかりがいいカラ元気の若者だ。

それに下人のような顔をして膝をついているのは、研屋《とぎや》の文次郎と、棒手《ぼて》振り辰吉。貧相な顔つきで顎をとがらせている。

一穂と市右衛門は、門番に、堂々と――、

「内与力鳥居出雲守様のお召しで参りました。当方、江戸日本橋の町方、目利きの通人《つうじん》たちなり。江戸前ウナギの吟味役にございます」

と名乗った。

そして一同、門番の許可を得て力強く前に進んだ。

吉田が、転がるように出てきて、一穂と市右衛門に耳打ちするように抗議した。

「な、なにをする気なんだ。これは、目利きじゃない。どう見ても、いつもの浮かれ長屋の貧乏人どもじゃないか。その辺のやつらを集めてどうするんだ」

一穂は奥歯を噛みしめ、怖い顔をする。

「失礼な！　みんなウナギにはうるさい連中よ」

「バカ。誰でもウナギにはうるさいわい。うるさいだけなら、犬でも蠅《はえ》でも連れてくるってぇのか」

「仕方ないでしょう！　長屋に帰ってみんなに話したら、俺も行く、俺に任せろ、俺もウナギが食いたいぞって大騒ぎになっちゃったんだから。これでもこの人数に絞ったんだから、褒めてもらいたいね」

「バカ者、遊びじゃないぞ」

「こっちだって、遊びじゃないわよ！」

「いざとなったら拙者が処罰されるのだぞ」

「知ったことですか。勝手に腹でも切ってください」

「ひどい！」

小声で言い合ったあと、一穂は中庭の真ん中に進み、顔をあげ、役宅内に向けて、大声で言った。

「ええ――おそれながら申し上げます。こちらに帯同いたしましたのは、江戸っ子の中の江戸っ子。日本橋佐内町に居を構え、四十年の長きにわたって江戸の町方にて食に通じ、江戸の味を知りつくしておりまする市右衛門にございます。そしてこちらは、お弟子の、与三二、文次郎、辰吉。こちらも市右衛門に負けぬ江戸っ子にございます。必ずや、江戸前かタビモノかを嗅ぎ分けてごらんに入れましょう――。田舎の食い物を、江戸前と偽って荒稼ぎをするような不届き者は、われわれ江戸っ子の名折れでありますゆえ、到底許せませぬ。みな、稲荷に詣でて身を清めて参りました。きっと、奉行所の、お役に立ちまする」

「うむ。待っておったぞ」

内与力の鳥居出雲守が出てきて言った。

そして聞く。

「料理人ではなく、町方の通人を呼んだということに意図はあるのか」

「はい、此度《こたび》の場合、料理人を吟味するわけですから、料理人を呼んだのでは不公平にございます。あくまで江戸っ子の町方の通人が判定するのが、公平な裁きかと存じます」

「うむ、しかり。道理であるぞ、一穂とやら」

「はっ」

頭をさげておき、振り返って小声に戻り、こそこそと吉田に言う。

「こちとら江戸っ子――。土用にウナギを食うためならなんだってやってやるわよ！」

「貴様……」

「浮かれ草子の一穂さまを舐めてもらっちゃ困るね――」

「ウソだとバレたら本当に改易《おとりつぶし》だぞ。ほんとに、どうしよう」

「ウソじゃないわよ。ちゃんと目利きするわよ」

「ウナギの味なぞ、貴様らにわかるわけなかろう」

「わかるわよ、江戸っ子なんだから！」

「この際、江戸っ子かどうかなんざ関係ない！　わからなかったらどうするつもりだ」

「大丈夫よ——。お歴々だってわからないんだから、誰も正解なんてわからない」

「ああ、神様仏様——拙者はもう、出世できないのでしょうか」

吉田は天を仰ぐ。

「だらしないこと——」

一穂は、ふん、と鼻を鳴らしてあきれたように言った。

「お武家って大変ねえ。家督やら、お役目やら、出世やら。でも、こっちはハナッからなんにも持ってないンだから気楽なモンだよ。あたしらはウナギが食えりゃァ、それでいいんだ！　なァんにも心配いらない。見てごらん。いつもボーッとしている長屋のバカどもの顔つきを」

そう言われて見ると確かに、いつも汚れた衣《ふく》を着て、髭も剃らず、路地の縁台で昼寝をしているうじゃじゃけた若者たちが、口元をひきしめ、眉きりりとあげて、精悍《せいかん》な顔つきで目を輝かせている。

「これは」

「ふふ、ウナギの力です」

つまり、ウナギが食えるかもしれないという期待に、我を忘れている顔つきだというのだ。

「ううう」

吉田は唸ったが、しかし腹を決めるしかなかった。

こうなれば、浮かれ長屋の連中に、江戸前とタビモノを本当に見分けてもらうのが一番いいのだ。

(だが――)

本当に、江戸前とタビモノの味なんか、見極められるものなのか?

深川の遠浅の海の中に立てられた松棒杭からこっち、、、が江戸前で、向こうがタビモノという決まりだが、海中に立てられた杭一本のあっちとこっちで、本当にウナギの味が変わるものか?

(去年、御料松戸《まつど》へ出張して江戸川《えどがわ》のウナギを食べたが、充分にうまかったぞ。いや、むしろ、江戸よりもうまかったかもしれない。墨田川のウナギと江戸川のウナギの違いというより、タレの違いではあるまいか? 松戸では野田《のだ》の亀甲萬《きっこうまん》と流山《ながれやま》の味醂《みりん》が

川舟で手に入るからな）

さまざまな思いが吉田の脳裏をめぐったが、どうしようもなかった。

屋敷の縁に、鳥居出雲守が威を正して座り、いよいよ吟味が始まろうとしている。

中庭には『浅草観音　伊豆屋栄治朗《いずやえいじろう》』『芝　富沢斧三郎《とみざわおのさぶろう》』『神田　春木屋善兵衛《ぜんべえ》』など、店の名前が書かれた木札が差された水桶が並べられ、それぞれ押収されたウナギが泳いでいる。

その傍《そば》には、七輪の中に上等な炭が赤あかと火をともしてあり、大きなまな板も準備されていた。

周囲をサムライが取り囲み、緊張した空気が場を支配している。

「よろしい。では、佐内町の一穂なるもの。そして、市右衛門とやら。吟味せよ」

「承知――」

市右衛門が目配せすると、弟子のふりをした与三二が、うむと頷き、普請場から持参した布袋より、おがくずを取り出してたっぷりと手に取り、『伊豆屋栄治朗』の桶に入って、さっとウナギを摑んだ。

「おお！」

サムライたちからざわめきが湧いた。

「もう、ひと串！」

市右衛門はそう叫び、頷いて、もうひと串を皿に取る。

（こ、この野郎、こっちに回しもせず、自分だけふた串も食うつもりか！）

一穂、与三二、文次郎、辰吉の目つきがぎゅっと鋭くなる。

それに気が付いたか市右衛門、うっとりしていた目をあわててぱちくりさせて、多少うろたえた様子で、

「弟子どもよ、前に！」

と言った。

そうだ、自分だけでなく、仲間にも食わせなければならない。

与三二、文次郎、辰吉が、我先にと進み出た。

「食せ！」

渡された串を、文次郎が奪い取り、口にした。

よほどうまいのか、文次郎の体が、打ち震え、痙攣《けいれん》したかのように見えた。

その目には涙がにじんでいる。

「う、うまい――」

そう呟《つぶや》くや文次郎は、卒倒した。

あまりのうまさに気絶したのだ。

うん、うん、さもありなん。

江戸っ子にとってウナギというものはそういうものだ。

市右衛門は頷いて、続いて叫ぶ。

「うむ。貴様の言う通り、これはうまい！」

与三二と辰吉は、前に進み出て、串を奪い合って口に入れた。

ふたりの顔に満面の笑みが浮かんでいる。

鼻をひくひくさせ、白目をむく。

陶然として意識が飛んでいるかのような顔つきだ。

「山椒を忘れるな！」

「おう！」

全員夢中である。

その様子を、サムライどもは、周囲を取り囲んで見ていた。

（これが、ウナギの吟味というものなのか？）

（ううむ、なにぶん初めてのことゆえ訳がわからぬが、これは町方が領分。今は見ているしかあるまい）

（それにしても——ただ、食っているだけのように見えるが）

さまざまな疑念が、男たちの頭に浮かんでいるようだったが、サムライたるものは、場の均整が緩むのを恐れて声をあげず、うろたえもしない。

さすがは徳川の禄《ろく》を食《は》む直参であり、その中でも精鋭とされる江戸町奉行の与力、同心どもである。武士は食わねど高楊枝《たかようじ》——。サムライたるもの、食い物ごときで取り乱してはならぬという教育が行き届いている。

その点、町人どもはたわいもない。

奪い合うようにして、蒲焼を口にほうりこみ、うほー、とか、うっひゃああ、などと言いながら身を震わせて陶然としている。何度も頷き、涙さえ流してもいた。

市右衛門は威を正して言った。

「うむ！　弟子どもの顔つきが何よりの証拠。わしの見立てでは、このウナギは、江戸前である。食してよし！」

「何が、食してよしだ」

一穂はたまらず前に進み、市右衛門が残した一口を、無理やり口にほうり込んだ。

たまらぬ滋味が口の中に広がってしまう。

ま、まずい、あまりのうまさに気を失いそうだ。

しかし、今、自分が気を失うわけにはまいらぬ。

奥歯を嚙みしめながら、前に進む。

「内与力様。ごらんのとおり、まず浅草観音の『伊豆屋栄治朗』から押収したるウナギは正真正銘の江戸前でござった。では次でございます。芝の名店『富沢斧三郎』のウナギにまいりましょう」

と言い、

「ほら、ものども、次をやるよ！」

とみんなの背中を叩いておいて、胸を張って、こういった。

「内与力様。ここで、白米を所望いたします」

「む？　なぜだ。ウナギの吟味になぜ白米が必要じゃ？」

「おそれながら、昨今、江戸の町方におきましては、ウナギは白米に合わせて食するものが主流となってございます。これを『付けメシ』と申しまして、ウナギの身に染みた脂と甘じょっぱいタレがメシに染み込み――」

と、ここで、一穂は絶句した。

口腔内に、尋常ではない量の唾液があふれ出してきて、発話をするのが困難になったのである。

今口をあけると、確実によだれがあふれ出る。

一穂は怖い顔をして口元を引き締め、震えるような顔つきで上を向いて耐えた。このままでは、よだれでおぼれ死ぬことになる。溢《あふ》れる量より多くを呑み込むのだ。必死であった。

（う……。くっ……）

その表情は、いかにも真剣に、江戸前の、江戸っ子の気風というものを、奉行所の役人に説明しようと誠意をこめている表情に見えた。

江戸っ子にとって、江戸前とは何にも代えられぬ大事な価値観。何にも代えられぬ誇りであろう。

それを悪用して不正な利益を得ようとするものがいるなど、江戸っ子としては許せぬことなのだ。

誇り高き将軍のおひざ元は、なによりも名誉を重んじる土地柄である。

江戸前でない、田舎のタビモノを江戸前と言われて、高い金を払わされるようなことが許されるわけはない。そんなことがあれば、正義の名のもとに、厳正に対処されるべきである。

一穂の耐える表情に、その決意や悲哀が浮かんでいるように見えた。

場が、不思議な感動に包まれた。

思えば長屋に住む町人どもにとって、町奉行の役宅に立ち入るなぞ、よほどの決意がなければできぬ恐ろしいことであろう。

ただでさえサムライのお役目を承るなど、震えるほどの名誉なのである。

それを押しても、この場に出座して、おかみの役に立ちたい。

つまり、この愛する江戸において悪人を摘発し、正義を執行してもらいたい。

その一心であろう。

(うん、うん、わかる、わかるぞ――いかに身分の低いものであろうと、その思いは一緒であろう)

奉行所の与力同心は感動に頷き、口もとを引き締めて見ている。

あきれているのは吉田だけだ。

(なにやってんだか)

しかし、この空気で、皆様、この者どもに騙《だま》されてはなりません――などと言えるわけはない。一穂が殊勝な顔をするときは、必ず何かを企んでいるとき。わかっていたはずなのに、まんまと策略にはまってしまった。

吉田はなにもかも諦めた顔つきで下を向いている。

（こいつら、押収品のウナギを食いつくすつもりで来ておる！）

一穂は充分に唾液を嚥下《えんか》すると、自らの頬を触って、よだれが漏れていないことを確認し、顔つきを整え、続きを述べた。

「――初めて、江戸前と言うものになりましてございます。どうか、このお役目のためと思し召し、白米を――」

「よ、よしわかった」

すぐにひとりのサムライが立ちあがり、屋敷の奥に去った。

「朝に炊いたメシが、まだ温《ぬく》もっておったはず――」

それを見送り、一穂は声を励ます。

「さあ、次じゃ。奉行所のお役人様のお役に立つのが、われら町方の役目です！　しっかりやりましょう。他のお店のウナギも吟味するのです！」

「おう！」

「わかり申した！」

市右衛門、与三二、文次郎、辰吉は次のウナギに取り掛かる。

「おかみのお役に立つというのは、こんなに幸せなことか！」

「すがすがしい気持ちだ」

「いかにも、いかにも」

一穂が叫ぶように言った。

「あ、与力殿！　茶も所望す。渋～くて、熱～い、茶を所望す！」

◇

結局その日、市右衛門、一穂、与三二、文次郎、辰吉が吟味したウナギは五軒分、計十五尾であった。焼いては食い、焼いては食い——二刻はかかろうかという激しい戦いであった。

「食えない……、もう、食えない」

与三二が、遠い目をして言った。

「ウナギで腹がはちきれそうじゃ」

「俺、もう死んでもいい」

文次郎は役宅の庭に大の字になって寝転んでいる。

辰吉は、長屋で待っている女房達にも食わせたいと、かねて持参の籠《かご》に、蒲焼をたっぷりと詰め込んでいた。

なおも余った蒲焼は、吟味の途中から、周囲を囲んでいたサムライどもにも振舞われていた。

市右衛門と一穂が、

「余っておりますゆえ。おサムライ様たちも、食してくだされ」

といっても、最初は、

「お役目中でござる」

とか、

「サムライたるもの、下々のものを食すものではない」

とか言って拒んでいたものが、押されて無理に一口食すると、あまりのうまさにみな腰が砕け、

「おお、これはうまいな」

「さすが江戸前だ」

「酒じゃ、酒じゃ、酒をもってこい」

などと騒ぎになり、上を下への大宴会となってしまったのである。

正面に正座し、謹厳に背筋を伸ばしていた鳥居出雲守からして、蒲焼二本を食すと、口腔内の脂分と甘じょっぱいタレの味にたまらなくなって、清酒で口の中の脂を洗い

はじめた。

その爽快さ、心地よさに、串を吟味して口腔内を脂で満たしては、井戸で冷やした清酒で口中を洗うという行為を繰り返し、やがて泥酔するに至った。

あれだけ大量にあったウナギはすべて、この役宅に勤務する上から下までのものたちの胃の腑《ふ》の中に納められたのである。

「うまかった」

「まったく、ウナギに比類するものはないな」

時はもう、午後《ひるすぎ》であった。

するとその時。

役宅の門前がざわついた。

「なにごと——」

酔眼の男どもが門を見ると、なんと、門前には黒塗りの立派な駕籠《かご》が止まっている
——。

江戸町奉行小田切土佐守直年《なおとし》、その人であった。

「な、なんと！」

「殿は、御城に出仕で、終日ご不在の予定ではなかったのか」

「ま、まずい、お叱りになられる」

その辺で呑んだくれていたサムライたちは、上を下への大騒ぎとなった。

逃げ出すもの、井戸水に頭を突っ込むもの、泣き出すもの――。

それでも幹部である与力と、意識のある同心どもは必死で門前に並んだ。

その中には、吉田主計も水野左衛門も含まれている。

小田切はずかずかと自らの屋敷に入り込むと、大声で、

「これはなにごとだ！　説明せよ！」

と叫ぶように言った。

真っ黒な羽織を着た偉丈夫で、眼光鋭く、鼻筋が太い、いかにも肝の太そうなサムライである。

凄い威厳だ。

さすがに次の老中とも言われる人は存在感が違う。

あわてて、一穂は、酔いつぶれている市右衛門を起こし、寝ている与三二、文次郎、辰吉を無理やり引き立て、庭の隅に隠れるように平伏させた。

酒に顔を真っ赤にした鳥居出雲守が進み出て、経緯を説明する。

それを聞いた小田切は、

「バカ者」


「愚か者！」

と大声で叱った。

一同、肩を震わせて身を縮める。

「江戸前を見極めるために、なぜ、ウナギを食わねばならぬのだ。バカ者」

「は」

「調べるべきは、廻船《かいせん》業者であろう。江戸前は月島や深川の漁民が獲っているのだから、直接日本橋の市場に持ち込まれる。タビモノは、市川、川崎、神奈川《かながわ》から廻船で持ち込まれる。こういった産地偽装は、流通業者を調べるのが筋であろうが。そもそも、深川の江戸前と、小岩《こいわ》のタビモノで味が変わるわけがあるまい。深川と小岩は二里（約八キロメートル）と離れてないんだぞ」

と、しごく真っ当なことを言った。

「ウナギ屋から押収したウナギを、蒲焼にして食ったら、うまかっただと？　あたりまえだ！」

「は、ははあ！」

奉行所の与力、同心どもは、涙を浮かべて、土下座平伏する。

庭の隅で、小さく平伏しながら、一穂は、

（バッカみたい）

と思ったが、どうやらまともな奴が出てきたようだ。

（まずい。さすがに奉行所もバカばかりではなかった……）

こっちに累が及ばぬようにするにはどうするか、必死で考え始める。

なにしろ、ウナギはみんなおいしく食ってしまった。

見れば吉田主計も、水野左衛門も真っ青な顔をして、平伏している。

涙を目に浮かべ、今にも腹を切りそうな表情だ。

（ちょっと、かわいそうだな）

そう思った。

これを見捨てるのも、義理が立たない。

なにか言ってあげたい。

吉田主計は頼りにならない同心だが、幼き頃からの付き合いは長いし、なんだかんだいっても仕事を融通し合う関係だ。こんな不手際で給金が絞られることなどがあれば出世にも響くのであろう。吉田が出世してくれなければ、自分たち浮かれ堂も浮かばれないのだ。

（しょうがないな）

一穂はため息をついた。

まあ、いつも、かわら版屋などというのは、火のないところに煙を立てるのが商売だ。今回もその手で行こう。死ぬことはあるまい。

一穂は顔をあげ、

「おそれながら、お奉行様――」

と言った。

「貴様は?」

「は。日本橋佐内町にて、町方の御用を承っております、一穂と申します――」

「どの者の手のものだ」

「は、定町廻り同心の吉田様にございます」

遠くで平伏している吉田主計が、目を白黒させて手を振った。

余計なことをするな、という表情である。

だが、一穂は胸を張って続ける。

「お奉行様、あたしゃァ、こう見えて町方の江戸娘にございましてね、江戸前って言葉にゃぁ、思うところがございます」

「ふむ。さもあらん」

「江戸前、てえのは、今はウナギだけに使う言葉にございまして、天ぷらやら蕎麦やら、他のものは、江戸前たァ申しません。そもそも江戸前は、徳川様の御城の前の海、おひざもと、という意味でございます」

「元よりじゃ」

「そして、江戸前のウナギと、タビモノのウナギじゃァ、これがまったくもって味が違うのでございます」

「ほう――。本当に味が違うと申すのか」

「へえ」

「ウナギはウナギであろう。たいして違いがあるものか」

「実は江戸前を、深川から品川までとするのには理由がありましてね。このあたりは遠浅の泥底でございます。故に、このあたりのウナギは、白魚やら、稚鮎《ちあゆ》やら、ゴカイやタコのような柔らかいものを食っておるのですな。故に、脂ぎっていて、身が白く、ふわふわと柔らかいのでございますよ。大川の流域でございますから、長い間、関の八州を流れてきまして水も柔らかくございます」

「ふむ」

「これが深川から東に行きますてえと、小岩、市川でございますが、昔の太日川《ふといがわ》、つまり江戸川の河口にございまして、小岩と言うぐらいで、岩場がごつごつとございます。また、西も、川崎大師《かわさきだいし》様の岬が岩場でございましてね、大師様から生麦《なまむぎ》にかけてが岩場や目の粗い砂地なんでございますよ。岩場砂地のウナギは、カニやら海老《えび》やら、貝とかザリガニを食っておるのでございます。ですからこれらは、身がしっかりして、固く、歯ごたえがよくなります」

ぺらぺらと一穂は言った。

実は、これは長屋の一番奥に住んでいるきよさんという元料亭の女将《おかみ》だという老女に聞いた話なのだ。

正直、本当かどうかわからない。

長屋の井戸端の無駄話など、たいていは聞いたようなことを、もっともらしく話すのが筋である。そもそも江戸っ子は口から先に生まれて、あることないことでっちあげてしゃべるのが気風なのだ。

あとは野となれ山となれ。

気にする奴など、どこにもいない。

「だから、江戸っ子はたいてい、江戸前のウナギと、タビモノのウナギを食べ分けることができるわけでございます」

「本当か」

　ウソである。

　だが、一穂は表情一つ変えない。

「町方の川柳で『江戸前の　違いを知るや　吉原《なか》　権現』などと申しましてね。まあ、ウナギの江戸前とタビモノの違いは、吉原の花魁《おいらん》と、根津権現の岡場所の遊女ほどの違いがあるってぇ意味ですがね——、わかるひとにはわかるってえわけで」

「——」

「そういうわけでございましてね。ここにいらっしゃる内与力の鳥居出雲守様、あたしの旦那の吉田主計様や、その上役の水野左衛門様が、町方のあたしたちに、ウナギの味の目利きをしろとお命じになったてえのは、江戸っ子のあたしらからすれば、しごく筋の通った話でございましてね。いや、さすがは吉田様、水野様だと、感心した次第でございますよ」

　滔々《とうとう》としゃべる一穂の表情を、小田切土佐守はじっと見つめている。

　吉田、水野は、遠くに膝をついたままだが、すこし面目を果たしたものか、ほっとした表情である。

「あたしらの目利きでは、今日食したものは全て江戸前でございますな。最初にいただいた『浅草観音 伊豆屋栄治朗』——いわゆる『伊豆栄』でございますが、あれなど、江戸前も江戸前。太物の上々物でございました。さすが名店でございますな。間違いなく江戸前でございます——。いっぽう、怪しいなとおもいましたのが」

座敷にある折り詰めを指差し、

「南茅場町の『喜多川』でございます。最初にその折り詰めをいただきましたがね、なんとなく身が固い——。ふわふわというよりは、歯ごたえがあって、身が締まっておりまする。うまみは深いが、脂分よりはあっさりでございまして、ちょっと味が違う気がします」

と腕を組んで、首を振った。

実は、一穂、折り詰めは食っていない。

出まかせだ。

ただ、確か吉田は、その味を、身が締まっていると言ったではないか。

江戸前は柔らかく、さっぱりと上品じゃなくてはならない。

「ほう——。貴様は『喜多川』が怪しいと」

「へえ」

一穂は言った。

正直いうと、ウナギの味なんざ、タレの味と焼きの職人の腕で決まる。見分けることなど、ほぼできない。

だがこの場を収めるには、どこかの店が怪しいと言ったほうがいい。そうしないと場が収まらないであろう。さんざんウナギを食って、全部うまいから江戸前ですってぇのも、格好がつかない。

まあ、江戸のどこかに、タビモノと江戸前の差額で儲けている店があるのは間違いない。というか、そんな店のほうが多いのではなかろうか。なにしろタビモノのほうが仕入れの額がぐんと安いのだ。そして客は、ほぼそれに気が付かない。

店の名前を出させてもらうのは気が引けるが、まあ、この際、仕方がない。

先日、腹を減らして店の前を通ったとき、職人の態度が悪かった。

でまかせなんぞ、そんなちょいとしたもんがきっかけである。

まあ、成り行きで調べられても真っ当な商売をしているようなら無事であろう。

悪く思うな。

「ふうむ――」

小田切土佐守は、それをじっと聞いていたが、

「よくわかった」

といって、頷いた。

「追って吟味しよう――。だがわしは、罪のないものを証拠もなくお縄にしたりしない。わかったな」

「はい――。さもあるべきでございます。ただ、あたしが言いたいのはですね、年がら年じゅうせこせこ働いている長屋の貧乏連中が、年に一度の土用の丑ぐらいは、ウナギでも食って、親子で、ああ、おいしいねってぇ笑い合えるような世の中にできねえもんでしょうかねってえ話です」

「ふむ――」

小田切はそれを聞いてしばし考えるようにすると、

「わかった。下がれ」

と振り向くと、玄関に向かった。

そして、背中越しにこういった。

「そういえば、おぬし、先だって、吉田、水野の手先として働き、谷中の寺院の不正を暴いてくれたのであったな――。わしからも礼を言うぞ」

「いえいえ」

一穂は、そう言って背中に笑いかけた。

「お役目でございますゆえ」

◇

十日後――。

良く晴れた日本橋の浮かれ長屋の狭い路地には、洗濯ものが干されており、その下に出された縁台で、与三二、文次郎、辰吉が、髭も剃らずにごろごろとしていた。

「まったく、いい若いもんが何しているのよ」

「ゼニがねえんだよ」

「今日は、天気がいいから、なーんもやる気がしない」

「ああ、あのウナギ、うまかったなあ――」

などといって、うじゃじゃけた顔つきで日向《ひなた》ぼっこをしている。

「あきれた――」

と一穂が箒《ほうき》を片手にため息をついたときだ。

えっほ、えっほ、と、ねじり鉢巻きに尻をからげた奴《やっこ》姿の、武家屋敷の下人らしき小者たちが、長屋の路地へ入り込んできた。

「なんだなんだ」

「なんですか、あなたたち」

すると男たちは言った。

「こちら、浮かれ長屋ですかい？」

「いかにもそうですがね」

「浮かれ長屋の浮かれ草子の一穂様とやらに、お届け物です」

見ると、大きな桶の中にくろぐろと泳ぐもの。

角樽《つのだる》の清酒も一升ついている。

「なんだ、こらァ？」

奥から市右衛門も出てきて、驚きのあまり、口をあんぐりとあける——。

「こちら、北町奉行小田切土佐守様より下されものでございます。長屋は十二軒と聞いているゆえ、ウナギ十二尾——。江戸前ではなく、江戸川から送られてきたタビモノの押収品であります」

「はあ」

「一穂様におかれましてはお奉行様より『お主は江戸前が好きだろうが、タビモノも良いものだ。長屋で一同楽しみ下され度《たく》』との、こと付けでございます」

浮かれ堂の前、ちょうど井戸のところに置かれた大きな平桶の中に泳ぐ黒々とした
ウナギ。

すぐに奥の巳之吉《みのきち》のところの兄妹《きょうだい》と、おやすのところの子供たちがやってきて、目
を輝かせてきゃあきゃあと桶の周りを走り回った。

「まあまあ」

「凄いなァ」

ふと見ると、さきほど脱力して日向ぼっこをしていた、与三二、文次郎、辰吉が、
目ン玉をきらきらと輝かせ、一穂の背後に立っていた。

一穂は、ぐるりとみんなを見回して、にこりと笑い、

「よおし、長屋の衆、これで今夜は宴会だな」

と大声で言った。

「みんな、今日は、お奉行のオゴリで、ウナギを食おうぜ！」

「やったあ！」

わっと、路地に笑い声が広がる。

与三二、文次郎、辰吉は、急に背筋を伸ばし、それぞれの部屋に戻ってねじり鉢巻
きをして、包丁やら七輪を持ちだして、てきぱきと準備を始めた。

あとから聞いたのだが、この日——南茅場町の『喜多川』に、奉行所の役人が踏み込み、ウナギを押収すると同時に、北町奉行小田切土佐守の叱責を伝達していたのである。

ウソから出たマコトであろうか——。

廻船業者の帳簿調べから、『喜多川』が、本当に安価なタビモノを大量に購入し、江戸前と偽って不当な高額で客に提供したうえで、差額を懐に入れていたことが判明したのだった。

「江戸前だろうが、タビモノだろうが、ウナギはうまい！」

銭湯 はるかなり

その日、一穂は朝から市右衛門とふたりで日本橋の南橋詰に出て、かわら版を売っていた。

南橋詰には高札場があり、江戸でも一番の繁華地である。

忙しそうに行きかう商人たちや、荷物を担いだ行商人、ものを運ぶ大八車や荷駄でいつもごった返している。

そんな人ごみに立ち、朝から午《ひる》すぎまで、声をからしてかわら版を売る。

だがその日はあまり売れず、あげくに客と喧嘩までしてしまった。

「一穂、てめえ、いいかげん客と喧嘩をするのはやめろよ」

市右衛門は文句を言った。

「なんだよ、おじさん。あたしが悪いてえのかい?」

「そうは言わねえよ。だけどな」

「だけどな、じゃねえよ――。あの野郎、あたしの顔を見て、なんだ、子供かと思ったら女か、早く言いやがれ、と、ぬかしやがったンだぜ」

「てめえが娘らしい格好をしねえからだろう――。せっかくの年頃の娘で、黙ってりゃァ多少は見られる顔なンだ。いい加減、その乱暴な口を閉じやがれ」

市右衛門と言い争いをしながら、浮かれ長屋まで帰ってきた一穂は、木戸の外から路地を覗き込む。

そして、

「わ!」

と歓声をあげた。

井戸端に、ゆのみが立っていたのである。

顔が小さく、背が高く、桃の小袖に髪を束ねて――。くつろいだ格好だが、町中《まちなか》に出れば皆振り返るほどの美しい娘だった。

「ゆのみちゃんだ!」

一穂は持っていた売れ残りのかわら版を、どん、と市右衛門に預け、駈《か》けだした。

「一穂ちゃん」

「わーい、ゆのみちゃん！」

井戸端で抱きつく。

「いつ帰ってきたの？　今度はいつまでいられるのさ？」

一穂はもう、満面の笑みである。

「……昨日遅くに帰ってきてね。明日の夕方には帰らなくちゃならないんだ」

ゆのみは、笑って言った。

ああ、輝くようにカワイイ。見ているだけで幸せだ――一穂は思った。

ゆのみは、木戸脇の五坪の部屋に住むきよさんの縁者である。

きよさんは、昔、薬研堀元柳橋《もとやなぎばし》橋詰の料亭の女将《おかみ》だったという上品なひとで、ヒトに騙されて借金を背負い、浮かれ長屋に流れてきた。

苦労したとは思えぬ優しく穏やかな老女で、頼まれて町娘や女房に花や行儀を教えながらひとりで暮らしている。時々昔の奉公人らしきひとが訪ねてきているが、なんの話をしているものか――どこか浮世離れしたひとだった。

ゆのみは、その遠縁の娘で、なんでも幼い頃に両親を亡くして、きよさんに引き取られたそうな。

昔から躾《しつけ》が行き届いていると評判の娘だったが、十四の年に、今戸橋の高級料亭『井筒《いづつ》』に奉公に出た。

町の若い衆は、ゆのみが佐内町を出て行くと聞いて嘆きの声をあげたが、ゆのみの決意は固かった。

「いつか一人前になって、おばさんを引き取る。おばさんが悪い人に騙されて取られてしまった料亭を買い戻したいの！」

その思いを胸に、毎日しっかりと修業をしているという話で、そもそも、一穂とはできが違う。

だが、ゆのみは一穂にとって、幼いころから同じ長屋で姉妹のように育った家族のような存在であり、親がいない者同士、とても仲良しだった。

「なんだ、すぐ帰るのね。残念――。でも、ゆのみちゃん、うれしいよ。もっとマメに帰ってきてよ！」

「ふふ。ごめんね」

奉公先の井筒は当初、有名料亭の女将だったきよさんを憚《はばか》って、まめにゆのみが顔を見せに帰れるように取り計らっていたようだが、それも年月を経るごとに頻度が減った。

なにぶん、この美貌のうえに、よく気が付くしっかり者だ。

井筒のほうでも重宝されているという話で、なかなか店のほうも宿下がりを許せないようになってきたのだろう。それはそれで、いいことだった。

「一穂ちゃん――元気そうだね」

「あたりき、しゃりきだよ」

そんなふたりの横を通り、売れ残りのかわら版を部屋に運びこみながら、市右衛門が言った。

「ゆのみちゃん、お帰り――。せっかく帰ってきたってえのに、がさつなウチの一穂にまとわりつかれちゃァ、騒がしかろう。あんまり相手にしなくていいンだぜ」

「うるさい」

「ふふふ――。おじさん、元気をもらっているのはあたしなのよ。一穂ちゃんの顔を見ると帰ってきたなと思って、嬉しくなっちゃう」

一穂はその言葉を聞いて、

「でへへへ」

と恥ずかしそうに笑った。

一穂は、ひとつ年上のゆのみが本当に好きだった。

幼い頃、男の子たちと喧嘩ばかりしていた一穂をかばってくれた大事なお姉さんである。

ゆのみ、という名前も好きだった。

なんでも、子宝に恵まれなかったゆのみの両親が、熱海《あたみ》に湯治に行ったら子供を授かったというので『湯の実《ゆみ》』と名付けたのだという。

なんてかわいい名前なのだろう。

「なに？　夕ごはんの準備？」

ゆのみはちょうど、井戸の水を、平桶に汲《く》んでいたところだった。

「ううん、この水で布巾《ふきん》を絞って、体を拭こうかと思って――」

「なんだ。そんなこと。ちょうど今、あたし仕事から帰ってきて、さくら湯《ゆ》に行こうと思っていたンだ……一緒に行かない？」

さくら湯は、佐内町と平松町《ひらまつちょう》の角にある湯屋《ゆや》（銭湯）である。

「う、うん……」

「昔はよく一緒に行ったじゃない！　楽しいよ」

「でもねえ」

ゆのみは、恥ずかしそうに肩をすくめた。

「今、あたし、毎日井筒で内風呂を使わせてもらっているんだ。それに慣れちゃって、外風呂がなんだか怖くなっちゃった。これで体を拭いて、なんとかするよ」

「えー、三日もお風呂なしじゃァ、辛《つら》いんじゃないの？　さくら湯は、昔よりも綺麗になったよ。糠袋《ぬかぶくろ》はいつも新しいし、冷酒も置いてある。草紙や貸本も入れ替えてあるし、按摩《あんま》のおっちゃんが、気持ちいい温湿布をしてくれたり、頼めば顔も剃ってくれるんだよ」

　ふたりがわいわい話していると、大工の松五郎の女房のおとらが洗濯物片手に、こう言った。

「はっはっは、一穂ちゃん、そりゃァ無理だよ。ゆのみちゃんみたいな別嬪さんが、さくら湯に行ったら、大騒ぎになっちまう。町の男どもが鼻の下を伸ばして覗きに来るよ」

　さらに、辰吉の女房のおたかも、旦那の下帯を洗いながら、賛同する。

「さくら湯は、このあたりの貧乏人だらけだ。今戸橋の高級料亭で働いているゆのみちゃんにゃァ、気の毒だよ」

　ふたりのオバちゃんは、げらげら笑って、一穂の背中をバンバン叩く。

　それを聞いて、一穂はむっとした。

こっちは毎日行っている風呂屋だぞ。

子供の頃は、いつもゆのみと一緒に通っていた。

江戸の下町では、横丁ごとに小さいながらも湯屋があって、長屋の住人どもは、朝に夕にとひとっ風呂浴《ぷろ》びるのが習慣《ならい》なのである。

それに、これらの湯屋には、先だって公儀から混浴禁止のお達しが出た。

それからはどこの店にも『仕切り板』が入れられて、脱衣場と洗い場が男用と女用にきちっと分かれるようになった。

番方の目も光っているし、町方の大人衆《おとな》の躾も厳しく行き届いている。オバちゃんが言うような心配はないのだ。

ぷっと不機嫌に頬を膨らました一穂の横顔を見て、ゆのみは、言った。

「うん」

「え?　なにが、うん?」

「これは、あたしが悪かったたな。行こう、一穂ちゃん。そもそも、お家《うち》のお風呂には入りたかったたしね」

「え、ホント!」

「なんだかあたし、井筒で可愛《かわい》がられて、お高く止まっていたな。内風呂にしか入らないなんて、我ながらショってるよ。お大尽じゃァあるまいし、まだ半人前のくせに何を言っててんだって感じ。気風《きっぷ》が売りの江戸娘の風上にもおけない。それに一穂ちゃんと一緒なら安心だしね。ごめんね、一穂ちゃん」

「そんなことないけどさ、でも、嬉しいな。やっと家に帰ってきたね」

「うん、懐かしい。ほんとは、入りたかったんだ」

するとその時、ばあん、と二軒隣の引き戸を開けて、研屋の文次郎が路地に出てきた。

「駄目だ、駄目だ！　ゆのみちゃん、さくら湯になんか行っちゃだめだぁ！」

「なによ、文次郎、関係ないでしょ」

文次郎の顔は興奮に赤くなっている。

こいつ、戸にはりついてあたしたちの会話《はなし》を聞いてやがったな——と、一穂は思った。

文次郎だけじゃない。佐内町の若い衆はみんな、ゆのみちゃんが帰ってくると、妙にソワソワしやがる。いい加減にしやがれ。

文次郎は唾を飛ばして、叫ぶように言った。

「いくら『仕切り板』が入ったからといって、あそこは隙間から女湯が見えるんだ。

誰だってすぐに覗ける。それに柘榴口《ざくろぐち》から向こうの湯舟《ゆぶね》は今でも混浴だ。駄目だ、駄目だ、駄目だぁぁ！」

必死の表情である。

柘榴口というのは、洗い場と湯舟の間に作られた吊り下げ式の広長押《ひろなげし》のことだ。隙間のない欄間《らんま》のような形をしていて、これで蒸気を溜めて蒸し風呂にする。貴重な水を節約する、昔ながらの知恵なのだ。

「一穂、いいか、耳の穴をカッポじって良く聞けよ！」

騒ぎを聞いて、仲間の与三二と辰吉も路地に出てきた。

「さくら湯の場所は平松町の境の横ッちょじゃァねえか。佐内町だけじゃなくて平松町の奴らも来るんだ。下手すると青物町《あおものちょう》の乱暴者どもも来るんだぞ」

「だからどうした」

「一穂、てめえ、そんな奴らに、ゆのみちゃんの裸を晒《さら》そうってぇのかよ。それでもゆのみちゃんの妹分か。許さんぞ！」

「なによ、その言い方。イヤらしいことを言うんじゃないよ。考えすぎだよ」

一穂は、小柄な胸を張る。

「そもそも、あたしゃ、毎日さくら湯で風呂を浴びてるンだぞ。この美人の一穂さまが通って問題ないものが、なんでゆのみちゃんと一緒なら問題なんだ」

「うるせえ、てめえのちんまい裸を、誰が見てえと思ってるンだ」

「なんだと、この別嬪を捕まえて」

「てめえが別嬪かどうかはおいておけ」

文次郎は大きく息を吸い、こう言った。

「いいか、江戸の長屋モンは、同じ大家を親にもつ兄妹《きょうでえ》も同然だ。ゆのみちゃんは、浮かれ長屋の若い衆にとっちゃァ、大事《でえじ》な妹。おいらたち兄貴にゃァ、その身を守る役目があるってえもんだ！」

「おせっかいだなあ」

「大事なゆのみちゃんの裸を、平松町の権蔵《ごんぞう》やら青物町の八五郎《はちごろう》なんざに見られた日にゃァ、かあーーーッ、おいら、たまらねえッ」

「わかるぞ」

叫んだのは、与三二である。

「ゆのみちゃんは、おいらたちのモンだ！　他の町内のやつらになんざ、見せたくねえや」

「そうだ、そうだ」

辰吉も頷いた。

「ゆのみちゃんには、きちんと綺麗な体でお嫁に行ってもらわにゃぁいけねえ。貧乏な下町の湯屋なんざ、覗きたい放題のやっちゃ場じゃァねえか。おいらたち若い衆が、許すわけにはいくまいぜ」

「若い衆って――辰吉、あんた、女房持ちだろう」

「うるせえ、ウチのヌカミソなんざ、知ったことか」

「なんだと、ヌカミソはここにいるぞ！」

井戸端にいたおたかは、立ち上がって辰吉を小突く。

「おっと、かかあ、こんなところにいやがったか」

「いい年こいて、ゆのみちゃんが帰ってくるたびに浮《う》き足立《あしだ》ちやがって――。いいかげんにしやがれ」

一穂は、急に口を挟んできた男どもの勝手な言い分に鼻白んだが、こいつらに付き合っている暇はない。

「どいつもこいつも貧乏長屋のパッとしない男どもが、勝手なことをぬかすンじゃァないよ。そもそも江戸の町方じゃァ、湯屋と床（髪結い床）は家のうちって言うじゃァないか。長屋に住むモンは、馴染《なじ》みの湯屋にへえって、それで初めて家に帰ってきたって言えるンだ。そンなこともわからねえのか、この唐変木。なァに、心配いらねェよ。この浮かれ堂の一穂さまが、きちんとゆのみちゃんを守ってやるぜ。ひさびさに会えた大事なゆのみちゃんにゃァ、子供の頃の思い出の、気持ちのいい江戸前のお風呂で、ゆーっくり、くつろいでもらって、ああ、家にけえってきたなあ、と一息ついてもらう――。これが筋ってもンだろ。え、違うってのかい?」

つるつると啖呵《たんか》を切った。

「う」

三人は、たじろいで後じさる。

確かに――。

江戸の長屋は、わずかに三坪、四畳半である。

到底、家の中だけで暮らせる広さではない。

炊事、洗濯、厠《かわや》に風呂に買い物、子供の遊びに手習いのそろばんまで、全部が全部、そとでやるから江戸っ子だ。町内は、まるっとまとめて故郷《さと》なのだ。

このお江戸の町方じゃァ、久しぶりに家に帰って四畳半で寝ただけでは、実家《さと》に帰ったことにはなりゃしない――それがわからぬ三人ではない。

せっかくの宿さがり。

馴染みの町で、くつろいで貰《もら》いたい。

その気持ちはみんな、変わらないのだ。

男たちが言葉を呑み込んだ呼吸を見て、一穂は腰に手をあてて言った。

「それに――、おい、与三二」

「な、なんだよ」

「てめえ、今、ゆのみちゃんはおいらたちの妹だとかなんとか抜かしやがったな――。てめえ、そのツラで、よく言えたな」

「！」

与三二は思わず顔を押さえる。

「どいつもこいつも犬に踏まれた草履《ぞうり》みてえなツラをしやがって。そのツラでうろつかれちゃ、明日までしかねえゆのみちゃんの休みが台無しだ」

「ほっとけ」

「そうだ、ツラは関係ねェだろ」

「大ありだ。よくもまあ、そのツラで、ゆのみちゃんの兄貴づらしたもんだ。あきれたもんだな、このすっとこどっこい！　互いの顔を、よく見てみろってンだ」

文次郎と辰吉はハタとお互いの顔を見る。

何度もゆのみと顔を見比べたうえ、

「ううむ、なるほど」

「確かに――一理あるな」

と、頷いた。

自分の顔は自分では見えないから、気楽なものである。

◇

それから一穂とゆのみは、それぞれ部屋に戻り、手ぬぐいと桶を準備して、連れ立ってさくら湯に向かった。

といっても同じ町内のことだ。

長屋を出て僅か一町（約一〇九メートル）程度の距離である。

ふたりで、下駄をからころ鳴らしておしゃべりをしながら歩いていると、後ろから、どどどと足音が聞こえて、五、六人の若い衆がふたりを追い抜いていった。

見るとそれは、文次郎、与三二、辰吉である。

しかし、人数が増えている。

表店の桶屋の奉公人の半次郎《はんじろう》、角の金物屋の治郎兵衛《じろべえ》もいる。どうやら文次郎が、てえへんだ、であえって言うンで、仲間うちに声をかけて集めたようだ。

みな、ゆのみちゃんが帰って来たと言えば目の色を変える男どもである。

見ていると、五人は、さくら湯に飛び込んでいく。

「なんだろ？」

「なにやってンの？」

一穂とゆのみは、顔を見合わせて首をかしげる。

しばらくすると、湯屋でくつろいでいたらしいゴマ塩頭のおっちゃんや、将棋好きの隠居の爺《じい》さんたちが、頭を抱えてぞろぞろとさくら湯から出てきた。

「なんだ、なんだ、乱暴だな」

「まだ、黄表紙《えほん》の読みかけだったんだぞ」

見ると、さくら湯に飛び込んだ文次郎たちが、湯屋の脱衣所やお休み処《どころ》にいた客たちを追い出している。多くは老人であった。

「――今から、おいらたちの大事《でえじ》な妹が、風呂にへえるんだ。けえれ、けえれ」

「オラ、ジジイ、家に帰りやがれ」

「おいらたちの妹の裸を覗こうなんざ、ふてえやろうだ、早く衣《ふく》を着ろ、この野郎」

そう広くもない湯屋の二階から、乱暴な声が聞こえる。

あちゃー、と一穂とゆのみは額に手を当てた。

すると、裏から、騒ぎを聞いたさくら湯の主人の喜兵衛《きへえ》が出てきた。

顔を真っ赤にして怒っている。

「おうおうおう、てめえら、なにしてやがる」

「おっと、オヤジ」

「見たところ、佐内町の浮かれ長屋のモンだな。誰に許しをもらって商売の邪魔をしやがるンだ、この野郎！」

「うるせえ、早く客に出て行かせるんだ」

「なにおう、ふざけるな。おいらンところの湯屋はな、その辺のイナカモンの風呂屋とは一味も二味も違うンだぜ。花のお江戸のド真ん中、ところは江戸の佐内町、天下御免の日本橋――。頭のてっぺんからつま先まで、由緒正しき江戸前の粋な風呂屋ときたもんだ。その風呂屋で無粋で野暮な狼藉《ろうぜき》たァ、てめえ、どこの生まれだ、この野郎」

喜兵衛は、四十がらみのオヤジだが、六尺（約一八〇センチメートル）近い巨漢で、丸太のような腕をしている。

若い頃はさんざんやんちゃをしたようで、胸には桜の入れ墨を彫っていた。

曲がったことは大嫌い、おひざ元のド真ん中で、湯屋にさくらの看板を掲げる粋人でもある。

つるつると啖呵を切って威勢を張ってみせる。

だが、文次郎も職人だ。

負けてはいない。

「おう、さくら湯のオヤジ。このさくら湯が天下一の湯屋だってえことは百も承知だぜ。だが、おいらたちにも、のっぴきならねえ事情ってモンがあるってなあ」

「そうだ！」

「そうだ」

与三二、辰吉、半次郎、治郎兵衛も、後ろから声をかける。

「おいらたちの大事《でえじ》な妹、今は今戸橋の井筒てえ高級な料亭で、一番人気の女中見習のゆのみちゃんが、久かたぶりの宿下がり。幼い頃の思い出の、地元の湯屋にへえりてえ、と、こう来たもんだ。喜兵衛さんよ、天下の江戸前の湯屋が、まさかイヤとは言うまいな」

と、胸を張る。

ふむ、と喜兵衛は胸を張り、バツのわるそうな顔で一穂の後ろに隠れているゆのみを見た。

「――まさかイヤとは言うめえよ。この喜兵衛のさくら湯は、江戸っ子ならどんな奴でも大歓迎。ましてや佐内町の娘だってからにゃぁ、おいらが縄張りだ。ぜひに江戸前の湯を味わってもらいてえってもんだ。だが、だからといってこの為《な》し様《ザマ》は筋が通らねえンじゃねえか、この野郎」

「うるせえ。おいらたちの大事なゆのみちゃんが風呂に入《へえ》る間は、男どもは一歩もさくら湯に入れねえぜ」

「そいつはおかしいぜ。おいらの湯屋は皆のもの。てめえンところのゆのみちゃんとやらの為《ため》だけのモンじゃねえぜ」

「ゆのみちゃんの裸は誰にも見せねえ」

「おっと、そうかい、わかったぜ。――いいか、良く聞け、おいらンところの湯屋はな、天下の江戸町奉行所のお達しを、しっかと守ってやがるンだぜ。混浴禁止の高札《おふだ》が出て、定町廻り同心の旦那がたが回ってきてお達しをされたことを、しっかりへいへいえと聞いてだな、仕切り板をこう、バチーンと入れてあるンだ。男湯と女湯は厳《げん》に分かれていやがらァ。まったく心配ご無用だ」

「てやんでえ、いつも丸見えじゃァねえか」

「そうだ、そうだ」

「洗い場は分かれていても、湯舟は一緒だ」

「湯舟は、柘榴口で仕切って、中は真っ暗になっているンだ。男か女かなんてわかりゃァしねえんだよ」

「目を細めれば、見えるンだよ！」

「二階のくつろぎ処には覗き窓もあるじゃァねえか」

覗き窓というのは、このころの銭湯に設けられていた床窓のことだ。

湯屋の一階は、脱衣所、洗い場、湯舟。二階は畳敷きのくつろぎ処で、草紙や将棋盤が設置され、火鉢や水、酒も置いてある。

そして、そこから階下の様子がわかるように、一階の天井、二階の床に、窓が作られていたのだ。

「それだって、奉行所のお達し以来、ちゃァんと釘付けしてあらあ！」

「ウソつけ！　引っ張ればすぐ外れるぞ」

「詳しいな、てめえら」

喜兵衛は若い衆をにらみつける。

「ははーん、さては、てめえら、普段はあそこから女湯を覗いてやがったな。どうもちょくちょく釘付けした板が外されると思ったぜ。それにお前ら、怪しいぜ。きちんと仕切り板を入れているものを、なんでそんなに女湯が見えるというのだ。お前ら、どうもいつも、長くいるとおもったら、毎日横目で、女湯を覗いてやがったんだろう。ふてえ野郎だ！」

「うっ」

「なにを！」

「ちくしょう」

「そうでなけりゃァ、このさくら湯で、女湯が覗けるなんてこと、判《わか》るわけがあるまい！」

喜兵衛は巨木のような腕をなでながら、若い衆に迫った。

「この助べえ野郎ども！　折檻《せっかん》してくれる」

文次郎を先頭に、与三二以下四名は、たじろいだ。

お互いの顔を見合わせている。

（こりゃ、図星だな――）

見ていた一穂はあきれた。

ふざけやがって、とんでもねえ奴らだ。

「文次郎、そうなのかい？」

一穂は一歩前に出た。

「与三二、辰吉、あんたらも、覗いていたのかい？」

男たちはお互いの顔を見合わせながらたじろいでいる。

「あきれた――。ねえ、ゆのみちゃん」

ゆのみは、どういう顔をしていいのか、困ったような顔つきで、手ぬぐいを入れた桶を抱えている。

その表情を見て、文次郎は必死で言った。

「違う。なんかの間違いだ。ゆのみちゃん、信じてくれ。おいらは女湯を覗いたりしてねえよ！」

「そうだ。江戸っ子の粋は気風の良さだ。江戸職人は、そんな野暮はしねえモンだよ」

これは与三二。

もう泣きそうであった。

その表情こそが、真実は奈辺にあるやを物語っている。

「決まったな――」

湯屋の喜兵衛は言った。

「つまりァ、てめえら浮かれ長屋の若い衆が、一番怪しかったってぇわけだ。てめえがいつも覗いてやがるから、いざ、自分が大事なゆのみちゃんとやらが風呂に入るとなれば心配でたまらねえ――。違うか、この野郎」

「う、うるせえ」

「そんなわけねえだろ」

「黙れ、バーカ」

「お、おまえの母ちゃんデベソ」

状況証拠をつきつけられ、言い返せなくなったのか、だんだん言葉が子供じみてきた。

「よォし、こうしようぜ」

と、背後に立つふたりの町娘を見て、喜兵衛は頷く。

「一穂の奴と、このゆのみちゃんとやらにゃあ、たっぷりと江戸前の湯でくつろいでもらうとするぜ。その間、番台には、この喜兵衛が座ろうじゃねえか。湯屋のならいにつき客は入れるが、その間、ゆのみちゃんの裸を覗こうてえ不届き者がいれば、この喜兵衛様が容赦しねえ。この桜の入れ墨にかけても、ブチのめしてやる。どうだ、安心だろう。だからてめえらは家へ帰《けえ》るンだな」

「や、やだ——」

「喜兵衛、てめえは、ゆのみちゃんの裸を見ることになるじゃァねえかよ」

「バカ野郎。おいらは湯屋だぞ。番台に座るのが仕事だ——。娘の裸なぞ、いくらでも見てるんだよ！」

「いくらでも、だと！」

それを聞いた金物屋の治郎兵衛が、目に涙を溜めて迫った。

「もう一度言ってみろ、てめえ！」

娘の裸をいくらでも？

それはうらやま——いやいや、けしからん！

「ずるいぞ！」

「そうだ、そうだ、自分だけ」

「おいらだって、ちょっとぐらいいいじゃァねえか」

「見たいぞ、ゆのみちゃんの裸を」

「てめえ、何と言った」

「ふざけるな」

男たちは、湯屋の前で、つかみ合いの大乱闘になった。

「狼藉だ——。番屋で自身番を呼んでこい！」

「青物町の熊吉《くまきち》を呼べ」

熊吉というのは腕っぷしが強い日本橋一の喧嘩自慢である。

それを見ていた、追い出されたばかりの隠居の老人たちが、あきれたようにため息をついた。

「どうでもいいんじゃが、湯屋に入れてくれぬかのう……。恋川春町《こいかわはるまち》の黄表紙《きびょうし》を、読みかけだったんじゃ……」

「わしらだって、将棋の途中だったわい」

◇

「あれから、あのバカたちはどうしたんだろう」

風呂上がりの火照った肌を手拭いで拭きながら、一穂は言った。

「なんだか、悪いことしちゃった。あたしが湯屋に行きたいなんて言わなければよかったな……」

「そんなことないよ」

「そうかなあ」

ゆのみは、落ち込んでいるようだった。

結局、あれから、さくら湯は大乱闘となり、収拾がつかなくなった。

一穂はあきれて、ゆのみを連れてその場を離れ、南茅場町の湯屋に向かったが、

(あ、ここまで来たら吉田様の組屋敷が近いな)

と思って、八丁堀まで足を延ばし、吉田主計に事情を話して、同心長屋の共同風呂でもらい湯をしたのである。

「ゆのみちゃんは、何も悪くないじゃないか」

「だって」

「あいつらがバカでヒマだからいけないんだ」

一穂は頰を膨らます。

吉田主計は、下女に命じて湯上がりのふたりに冷え茶を出しておき、自ら井戸で冷やした瓜《うり》を切ってもってきて、

「どうでしたかな。同心長屋の風呂はお気に召しましたか？」

妙にかしこまった言い方で、ゆのみに聞いた。

（ん？）

横で冷えた瓜を受け取りながら、一穂は吉田主計の横顔をそっと見た。

きちっと縞《しま》の着物の裾を揃え、顔は洗ったばかりなのか、妙にさっぱりしており、髷《まげ》も整っている。

（こ……こやつ、あたしたちが風呂に入っているうちに、顔を洗って、髭を剃り、髷を整えて、着物を着替えやがった――）

どいつもこいつも、美人が来ると態度を変えやがって。

「ええ――。とてもいいお風呂で。ありがとうございました」

「いや、いや。この一穂の幼馴染というならば、わが手の者も同然。困ったことがあれば、いつでも頼りにしなさい」

吉田は、鷹揚《おうよう》に言った。

「ありがとうございます」

ゆのみが頭をさげると、吉田は、一穂のほうを向き、

「――して、何があったのだ」

と、いかにも同心で上役という、普段よりも偉そうな態度で事情を聞いた。

まあ、風呂に入れてくれたわけだし、つきあってやるかと諦め、一穂はざっと今日の顛末を話す。

すると吉田は、

「それは、大変であったな――」

と、唇を引き締めて厳しい顔をした。

「あの者どもにも、あきれたものだ」

そう言う横顔を見て、一穂は慌てて言った。

「ちょっと待ってください」

「む?」

「まさか、取り締まるなんて言い出さないでくださいよ。ちょっとした町方の騒ぎなんだから、ほうっておいてください」

「うむ、確かに。バカ騒ぎにいちいち奉行所が出ては、体がいくつあっても足りないな」

「ご公儀は、これからも湯屋の統制をするのでしょうかね」

「――まあ、今でも、江戸を離れれば混浴が当たり前だから、そう思うのも仕方があるまい。だが、寛政の御改革以来の公儀の方針は、公序良俗を乱す風俗は取り締まるべし、とのことだ。混浴は古来の風俗なれど、男女がみだりに裸で触れ合うのはよろしくあるまい。これからも、しかるべき指導はしていくことになろう」

「吉田様」

「なんだ」

「おわかりでしょうが、江戸の町方で湯屋てぇのは、町内ごとに一つずつあるもんなんでございますよ。客も貧乏なら湯屋も貧乏。どっちにしろ貧乏人がギリギリでやってる商売ってわけで、男風呂と女風呂をきっかり分けて、湯舟も釜もふたつにするなんてこたぁ、どこの店もできやしねぇンでございます。ゼニがありませんからね。そんな統制をおかみが押し付けりゃあ、江戸じゅうの店が潰れるのがオチでございますよ。そして、湯屋が潰れたら、あたしら貧乏人は風呂には入《へぇ》れねえってことになっちまう」

「ふむ」

「確かにあたしも覗き窓にゃァ腹が立つが、だからといって風呂屋が潰れても困るってわけで」

「うーむ」

「謹厳実直にして端正清廉な奉行所のご方針もいいもンだが、もう少し現場を見て、お目こぼしを願いたいもンですがね」

一穂がそう言うと、吉田は頷き、

「これは、もっともなことだな……。定町廻りを承る同心として、肝に銘じるぞ」

と、サムライらしく、いつもよりも低い声で言った。

横では、ゆのみが、にこにことその横顔を見ている。

吉田主計は、満足げに、うん、うん、と頷いた。

（カッコつけちゃって、バカみたい――）

一穂は思ったが、黙っているのは、町方のなさけと言うものである。

◇

一穂とゆのみは、楓川《もみじがわ》沿いを回っておしゃべりをしながら散歩をし、暮れ六つ過ぎに浮かれ長屋まで帰ってきた。

すると文次郎が、路地の片隅で、うずくまっている。

よほど激しい喧嘩だったのか、髷は歪み、着物は汚れ、鼻からは鼻血を出していた。

　そして、一穂とゆのみに気が付くと、顔をあげ、目に涙を浮かべて、

「ごめんよ」

　と言った。

「ゆのみちゃんの、久しぶりの宿下がりを邪魔するつもりはなかったンだ——。ただ、佐内町の湯屋で、ちゃんとくつろいでほしかっただけなンだ」

「なんだかなあ」

　一穂は、あきれた声を出したが、ゆのみは、桶を抱えたまま下を向いている。

「あんたさ、いい加減にしなよ」

　言いかけた一穂を制して、ゆのみは、かたかたと下駄を鳴らして文次郎に近づき、膝を落として屈《かが》みこんで、その顔を覗くようにした。

　そっと、文次郎の肩に手を載せる。

　びくり、と文次郎の体が、電流《えれきてる》が走ったように痙攣した。

「いいのよ、文次郎さん」

　ゆのみは優しく言った。

　夕闇迫る薄暮の中、大きな瞳が、黒々と光っている。

「嬉しかった」

そういって、楓川の橋のたもとで拾った、まだ青い楓《かえで》の葉っぱを、そっと手渡す。

文次郎はそれを受け取りながら、言った。

「ほんとうに？」

「――うん。ここのところずっと井筒で毎日忙しく働いていてね、いろいろあって気疲れしちゃっていたの。久しぶりに浮かれ長屋に帰ってきて、一穂ちゃんや、文次郎さんや、与三二さんや、みんなの元気な顔や声を聞いて、すごくほっとした。ああ、優しい場所に帰ってきたなって思って、すっかり元気になれたんだ」

「ゆのみちゃん」

「文次郎さんは、あたしを守ろうとしてくれたんでしょう？」

「そうさ。おいらはただ、ゆのみちゃんが風呂に入るとき、誰かに覗かれるのが嫌だっただけさ」

「わかってる。わかってるわ」

「うう」

「優しいのね」

文次郎の肩が震えている。

文次郎は奥歯を噛み締めしばらく沈黙していたが、やがて、意を決したように、

「一つ言わせてくれ」

と言った。

「なに」

ゆのみは、微笑《ほほえ》む。

「お、おいら、普段、さくら湯で女湯なんざ覗いちゃいないぜ――。おいらは助べえなンかじゃねえ。本当だぜ」

「うん」

「おいらは、今は町方だが、元はサムライの血筋だ。貧乏になろうがなんだろうが、矜持《ほこり》があらァ。湯屋で女風呂を覗くなんてえ、くだらねえ男じゃねえや。おいらは江戸っ子だ。粋な江戸の職人だい」

「うん、わかってる。わかってるよ、文次郎さん」

ゆのみは、文次郎の肩をぽんぽんと叩き、優しく言った。

「文次郎さん、あたし、明日の午過《ひるす》ぎには、今戸橋の奉公先に帰らなくちゃいけないんだ――」

「うん」

「せっかく日本橋に帰ってきたンだから、その前に『榮太樓《えいたろう》』のお団子を食べたいナ」

「え？」

「あした午前《ひるまえ》に、連れて行ってくれる？」

「うん、もちろん、うん」

文次郎は、顔を跳ねるようにあげ、からくり人形のように頭をふった。

「連れていく！　榮太樓に連れて行くよ」

「ありがとう。じゃ、約束。また明日――そうだな、四つ半（午前十一時）頃ね」

そう言うと、ゆのみは立ち上がる。

そして、呆然《ぼうぜん》と井戸端に立ちすくんでいる一穂のほうを振り向いて、

「一穂ちゃん、今日はありがとう。一緒にお風呂に入れて嬉しかった。すごく楽しい一日だった。おやすみなさい」

と言って、かたかたとどぶ板を鳴らして、木戸に一番近いきよさんの部屋に帰っていく。

部屋の中からおかえり、という、きよさんの声が聞こえて、行灯《あんどん》のあかりが揺れるのが見えた。

路地の片隅の暗闇には、文次郎が膝を抱えて座り込んだまま、下を向いている。

その肩が、震えていた。

（あれ――？　泣いているのかな？）

と思って一穂が近づき、声をかけようと手をのばしたとき、ぱっと、文次郎が顔をあげた。

満面の笑みである。

「やっ――たあぁぁ」

周囲に聞こえないように、押し殺したような声だったが、爆発するような喜びにあふれている。

目じりが下がり、鼻の穴は開いて、口角はあがっていて――喧嘩したばかりだから、鼻血の跡もあかあかと残っているが……。

その露骨な喜びの顔を見て、一穂は一歩、あとじさった。

（ひ――ひでえ顔……）

むくり、と文次郎は立ちあがり、ぐるぐるとその場を歩き回った。

その手には、さっき、ゆのみに貰った楓の青い葉っぱが、大事そうに握られている。

その葉を指先でくるくる回しながら、

「ゆ、ゆのみちゃんと一緒に、差し向かいで、榮太樓の団子を食う――。ふたりっきり。ふたりっきりだぞ。こんなことがあっていいのか。まるで恋人同士《おもいびと》のようではないか！」

と、文次郎は言った。

「ちょ、ちょっと、落ち着いて」

「これが落ちついていられるものか――」

「あんた、その顔で何を言ってンの」

「男は顔じゃァない。さすがゆのみちゃん！」

「そうじゃないって、血が出てるって」

「関係ねえ！」

文次郎は目を爛々《らんらん》と輝かせる。

「さすがにゆのみちゃんは、わかっているなあ。そうだよなあ。男は顔じゃないもんなあ。いやいや、こう見えておいらも、悪い顔じゃないからな。正面から見たときに多少顔が歪んでいるかもしれないが、斜め前方から見れば、なかなかいい男だ」

「――いい男の角度が、ずいぶん狭いね」

一穂は言ったが、文次郎は無視し、近づいてきて肩をむんずとつかみ、揺するようにして言った。

「一穂、頼みがある。一生のお願いだ。どんな埋め合わせもするぜ」

「な、なに」

「明日の朝——。この井戸前に来て欲しい！　六つ（午前六時）、いや、七つ半（午前五時）だな。ゆのみちゃんが起きる前に、井戸端だ！」

「わ、わかった……」

勢いに押された一穂は、思わず頷いてしまった。

◇

翌朝。

朝もやが消えぬ朝七つ半、かたかたと、静かに浮かれ堂の戸が叩かれた。

市右衛門を起こさないように、一穂は、

「はあい」

と小さく返事をし、眠い目をこすって立ちあがり、戸を開ける。

すると、そこには文次郎が立っていた。

顔がきらきらと輝いている。

「おはよう!」

「……むう……」

一穂は、不機嫌に唸った。

文次郎は、朝から目をらんらんと輝かせて、ニコニコしている。

見ると、井戸端に、盥《たらい》が置いてあった。

「たのむぞ!」

文次郎はそう言って井戸端に近寄ると、上半身もろ肌を脱いで、井戸水をざばあ、と浴びた。

(あ、朝っぱらから、なによ、この元気は)

一穂はねぼけ眼で、朝から元気な文次郎を、うっとうしげに眺めた。

文次郎は次の水を掬《すく》い上げながら、周囲を憚る低い声で言う。

「今日は、一世一代の晴れの日だ。完璧な形で迎えるぞ。神様、仏様、本当にありがとう」

頭から水をざぶざぶと被《かぶ》り、なんと鍋や釜を洗う時に使う『洗い砂』の細かい奴を乱暴に髪の毛にまぶして頭を洗い始めた。

(無茶だ——)

一穂は思ったが、文次郎は嬉しそうに水をかぶって笑っている。

文次郎は充分に髪をすすぎ洗い、余計な脂分を取り去ったと見るや、こんどは、櫛を取り出し、

「一穂、頼む！」

と言った。

どうやら、髪をくしけずってくれ、というのであろう。

ため息をついて、一穂は、文次郎の髪を強めに梳《す》いた。

何度も水をかけて、砂を洗い流したせいか、確かにさっぱりとしている。

普段は汚れて縮みがちな髪が、だんだんとまっすぐになってきた。

周囲は、朝もやに包まれており、どこからか雀《すずめ》の声がちゅんちゅんと聞こえる。

(朝っぱらから、あたし、なにやってんだろ)

と一穂は思ったが、これも成り行きである。仕方がない。

本当ならば、髪結いを叩き起こしてきちんと結い上げてもらえばいいが、そのカネもないのであろう。思えば不憫《ふびん》である。

次に、文次郎は、用意のカミソリを手渡し、言った。

「月代を、頼む。髭は自分でもあたれるが、月代はどうしても無理だ――」

「うん、わかった」

水を盥にとって、じょりじょりと月代を剃ってやる。

そのとき、鼻がむずむずして、くしゅん、と一穂はくしゃみをした。

そして、頭を少しだけ、切ってしまった。

（あ、いかん）

わずかな傷であったが、どっと血が出る。

一穂は、それを袖で押さえたが、どうしようもない。

文次郎は、

「あ、どうした？」

と聞いたが、痛みは感じていないようだ。

かすり傷のわりに出血量が多い。

「ごめん、ちょっと切っちゃった」

「ああ、どうってことなかろう。月代を剃るときのかすり傷など、よくあることさ」

文次郎はにこにこしているが、結構な量の血が、額から顔に流れてくる。

上半身はもろ肌脱ぎであり、井戸水をかぶって髪の毛はサンバラに乱れており、髭はまだ剃っていないので半端に生えていて、顔中血だらけ――。

（お、落ち武者みたいだ！）

一穂は内心思ったがどうしようもない。

懐紙を当てて、必死で血を止め、月代を剃り上げる。

「ま、髷はいいの？」

「ああ、それは大丈夫。部屋の中でできるからな。鬢付《びんつ》け油もこういう時のために買ってあるんだ！」

「こういうとき」

「そうだ——。一世一代の晴れの日のためにな！」

文次郎はにこにこしながら、房楊枝《ふさようじ》を取り出す。

「一世一代の晴れの日って」

「そりゃ、そうだろう。ゆのみちゃんとふたりで団子を食べるんだぞ！」

「あのさ、ゆのみちゃんはそのまま井筒に帰るんだけど」

だから、その次はないでしょ？

という含みを持たせて言ったつもりだが、文次郎は意にも介さない。

「ふん、ふん、ふん。うむ、いいぞ、晴れてきた。今日は日本晴れだな！」

そう言いながら、房楊枝に塩をまぶした。

房楊枝とは、竹の柔らかいところをササラ状にして、口腔内を掃除するための器具である。

文次郎は、それを口の中に入れ、がっしゅがっしゅと歯を磨いた。

嬉しそうだ。

何度も息の匂いを確かめながら、盛大に嗽《うがい》をして、ニコニコしている。

「もういいの？」

「ああ、ありがとう。朝、ゆのみちゃんが起きる前に、井戸端で月代だけは剃っておきたかったんだ。そんな姿を見られたら恥ずかしいだろ？」

「う、うん。確かに」

「あとは家の中でできる。髭を剃《あた》って、髪を結って、着物に鏝《こて》をあてて——今日は、あれだな、角帯ダナ。なあ一穂、角帯をぴしりと締めると粋だよなあ、江戸っ子っぽいよなあ」

「う、うん」

一穂は、後じさりして、

「じゃ、じゃぁね」

と、自分の部屋に戻った。

どっと疲れて、布団に戻る。

横の煎餅《せんべい》布団では市右衛門が、何にも知らず、鼾《いびき》をかいて眠っていた――。

◇

昼の、四つ（午前十時）。

男どもがそれぞれの仕事に向かい、女房連中が井戸端会議を一段落させた頃あいに、市右衛門は、寄り合いに出かけるといって長屋を出て行った。

一穂はそれを見送ると、

「やれやれ」

と大きく伸びをして、井戸端に版木を出し、洗い始めた。

かわら版の版木は、よほどのことがない限り、使いまわす。

表面を洗って削り、さらに別版を彫るのだ。

ざぶざぶと版木を洗っていると、長屋の入り口の木戸のところで、路地を覗いている若い男がいた。

綺麗に細い髷を結って、ほとんど無地に見えるような細かい模様の小紋の着物、顎が細く、顔が小さく、すらりと背が高い。

少し気弱そうだが、洗練された見栄えのいい男であった。

その男が、木戸の向こうを覗き込んでは行き過ぎ、向かいの木戸を見ては、くびをかしげてこっちの木戸を覗いている。

困っているようだ。このまま放っておくわけにもいくまい。

一穂は立ち上がり、木戸から顔を出し、

「なんの用だい?」

と声をかけた。

すると若い男は、はっとしたようだったが、はっきりした口調で、こう聞いた。

「佐内町の浮かれ長屋とは、こちらでしょうか」

「いかにも、そうだがね」

「こちらに、薬研堀元柳橋の料亭『志《し》みず』の女将でいらっしゃったきよさんは、いらっしゃいますでしょうか——」

「あんたは?」

一穂は警戒気味に聞いた。

変な奴を、路地に入れるわけにいかない。

「こ、これは失礼仕《つかまつ》りました。手前、今戸橋脇、料亭井筒の二代目で、新右衛門《しんえもん》と申します」

「あ」

一穂は口をぽかん、と開けた。

見たところ、怪しげな雰囲気はない。

今日、ゆのみは、井筒に帰ると言っていた。

迎えが来たものか。

「これはこれは――。きよさんのお宅は、いちばん手前の家ですよ」

そう言っておいて井戸端に戻る。

見ていると、新右衛門と名乗った若い男は、しばらく木戸のあたりで逡巡《しゅんじゅん》する様子だったが、やがて、意を決したように路地に入ってきて、きよさんの部屋の戸をとんとんと叩いた。

はい、と答えて戸をあけたのは、ゆのみだった。

ゆのみは新右衛門の顔を見て、はっとしたようだったが、すぐに頭をぺこりとさげて、戸を閉めようとした。

「待って！」

新右衛門は、ゆのみの手を握った。

ゆのみの頬に、さっと血の色が走ったのを、一穂は見逃さなかった。

「ゆのみちゃんが、ちゃんと今日、帰ってきてくれるかと心配になって、迎えに来てしまった」

「そんな――。お坊ちゃんがこんな長屋まで。勿体《もったい》のうございます」

「聞いて、ゆのみちゃん」

新右衛門は必死で言った。

「いろいろ聞いたよ。ちゃんと気が付かなくてごめん。ゆのみちゃんは、料亭の商売を学んで、いつか『志みず』を復活させるために井筒にいるんだ。きみは間違っていないよ。何も心配いらない。戻ってきておくれ」

「ありがたいことです――でも」

その会話を聞いて、奥から、きよさんの凜《りん》とした声が響いた。

「ゆのみ、入ってもらいなさい！」

ゆのみちゃんは、その声にしばらく立ちすくんだが、やがて頭をさげ、新右衛門を家の中に招き入れた。

（なに、あれ！）

一穂は、手にしていた版木をうっちゃらかして立ちあがる。

もう、井戸端で版木を洗っている場合ではない。

（なんだ、なんだ、あの見栄えのいい男は。それにあの、ゆのみちゃんの様子！　気になる！　気になるぅぅぅぅ！）

すぐに走って長屋の裏にまわり、ぴたりときよさんの部屋の裏の壁によりそって、聞き耳を立てる。

「…………」

「…………」

ぼそぼそと、人の話し合う声が聞こえた。

よく聞こえない。

一穂は、壁にあれこれ耳を当てては動かし、やがて頬骨が板のくぼみにしっかりと嵌《はま》るように位置を工夫した。こうすると、室内の声がよく聞こえる。

かわら版屋なら誰でもできる盗み聞きの裏技なのだが――。あんまり自慢できる技でもない。

「新右衛門さま。天下の井筒の後継ぎたるあなた様が、下の女中のことが心配で、朝からこんな長屋にまで足を運ばれるとは、少し軽率ではありませんか？　他の奉公人の手前、示しがつかないでしょうに」

まず聞こえたのは、きよさんは井筒の跡取りを叱っているのだった。

驚いたことに、きよさんは井筒の跡取りを叱っているのだった。

「は」

新右衛門は言葉につまって絶句している風情である。

「おばさま――。わたしが悪いのです」

これはゆのみの声だった。

「何があったのです。説明しなさい」

「は――実は」

ゆのみは、意を決したように話し始めた。

「ここ半年ほど、井筒のお得意様の伊勢屋善兵衛《いせやぜんべえ》様から、わたくしへの御指名が何度かありました。善兵衛さまは、わたくしが給仕をするたびに、この手をにぎり、膝に手を載せることもございました。そして、ある日、店には自分から言っておくから、店の外で会おうと――」

「――」

「しかし、わたくしは酌婦ではございません。商売を学ぶための奉公にございまして、操《みさお》を売るのは道に反すると思い。きっぱりと、お断りをさせていただきました。伊勢屋様は、これはとんだ恥をかかされたと、大変ご立腹の御様子、恩ある井筒様は、大事なお得意様を失うこととなりました」

「そうですか」

「わたくしは番頭様から、たいへんなお叱りを——。くつろいでいただくべきお得意様に恥をかかせ、不快な思いをさせるとはなにごとかと」

「——ほう。それで、此度《こたび》の宿下がりがあったと」

「はい」

ゆのみと新右衛門は黙っている。

やがて、新右衛門が言った。

「これは、わが井筒の不手際にございます。井筒は料亭にして、妓楼《ぎろう》でも茶屋でもございません。また、女中も酌婦や売婦ではございません。その格式を保つためにも、ゆのみさんの言動は正しくございます」

「新右衛門さん」

きよさんは鋭く言った。

「そのようなことで、天下の井筒さんの看板を継ぐことができるのですか」

「う」

「ご無体をおっしゃるお客様は、どのような商売でもあるもの。それを、上手にこなせぬようで、それで名店と言えますものか。お客様の御立腹もなく、店の看板も傷つかぬやりかたがあったでございましょう――」

「は」

「ゆのみ、あなたが悪い。あなたも将来自らの店を持ちたいという夢があるなら、しっかりしなさい。このようなことは、よくあることなのです。うまくこなしなさい。それが、世間様です。そのたびに、取り乱して実家に帰るとは何事ですか。客商売をするなら、うまく処理するのです。そのためには覚悟を決めるべき時もあろうというもの」

「そんな」

「ゆのみ、この浮かれ長屋に帰ってきて、どうでしたか。ここは温かいでしょう。子供のころから一緒に育った友達がいて、優しいひとたちがいて――。だけど、それに甘えていては、いつまでもあなたは大人になれませんよ。外に出て、古いものに甘えず、自分一人の力で切り抜けて、もうひとつ大きくなりなさい」

「ど、どうすればよかったのでしょう」

「――看板を守るために、最善のことをすべきです。時には相応の覚悟も必要でしょう。それが、商売というもの」

「困ります」

そう言ったのは、新右衛門だった。

「わが井筒は、許しません」

「それは、井筒さまのご勝手。その方針《がんもく》はよろしいと思います――。ですがね、ともかく、このような些事《さじ》に、二代目のあなた様が出てくるというのは、やりすぎですよ。それでは店は収まりません。女中ひとりのことなど、女中が自ら処理すべきこと。つまり、これは、ゆのみの問題です」

「違うのです――」

新右衛門はここで、ぐっと言葉につまった。

そして逡巡する様子を見せたが、やがて、大きく息を吸い、それを一気に吐き出すかのように、こう言った。

「わたしは、ゆのみさんを、好いてございます！」

「えっ」

「ゆえに、これは、わたしの問題です」

「し、新右衛門さん！」

ゆのみは悲鳴に似た声をあげ、絶句する。

そして、沈黙。

壁の外で盗み聞きしている一穂は、もう、気が気ではない。

胸が高鳴り、どきどきが止まらない。

ど、どうなっちゃうんだろう？

しばらく続いた重い沈黙を引き裂くように、

「——身分違いですよ」

きよさんが鋭く言った。

「新右衛門さん。井筒ほどの名店の御子息ともなれば、しかるべき縁をもとめて所帯を持つべきものでしょう。看板とお家を考えれば、軽々に、惚《ほ》れたの腫れたのと勝手なことでは困ります」

「——」

「それに、ゆのみはまだ子供です。世間のことなど何もわかっていない。あなた様も、奉公に来ている子供の女中と恋仲になるなぞ、店の者にも示しがつかない。そのようなことで、井筒さんの親戚筋が納得するわけはありません。そんな幼いことでは、井筒の跡取りはお坊ちゃん育ちの甘ちゃんだと世間の誹《そし》りを受けるでありましょう。火遊びは、たいがいにしなさいな」

きよさんは厳しく続ける。

「わたしはね、ゆのみを、ひとの妾《めかけ》にするつもりはありません。きちんと正妻《つま》にする覚悟がない案件《ごえん》など、認めません。すぐに、ゆのみを、井筒様から引き揚げましょう。ゆのみ、あたしの昔の筋から、新しい奉公先を探してあげるから、そのつもりでおりなさい」

「きよ様！」

新右衛門は言った。

「本気でございます」

「新右衛門さん」

ゆのみの泣きそうな声が聞こえた。

新右衛門も、必死の体《てい》であった。

「わたしは、本気でございます。心から、ゆのみさんを好いてございます。妾に望むなど、そのような失礼なことは決して致しません。必ず妻として、ふさわしい扱いをいたします」

「ゆのみに親はいません。親代わりのあたしにしても、今はこのように長屋暮らしの身。とうてい親御様が認めるとは思えません」

「もし、両親が反対するときは、家を捨てまする。その覚悟にございます」

「何を言うのですか」

「もし、きよ様に認めていただけるのなら、一生、全力をもって、ゆのみさんをお守り申し上げます。故に、いやらしい客の相手など、決してさせるつもりはございませんっ！」

新右衛門はきっぱりとそういった。

そして、また、沈黙——。

（ああ、どうなっているのだろう。部屋の中をのぞいてみたい〜〜〜）

長屋の裏にうずくまった一穂は、身をよじる。

そのとき、町方の時の鐘が、ごおーん、と午《ひる》の四つ半を知らせた。

すると、路地側の文次郎の部屋のあたりから、引き戸が、ばあんと開けられる音がして、

「いやあ、時間だ、時間だ。いい天気だなあ〜。こういう日の団子はうまいぜぇ。よっぽどおいらは、日ごろの行いがいいんだなァ。おや、ノラ猫さん、今日も元気だね。

雀のみなさん、お励みだね。こりゃあ、いい日だ、めでてえなァ」

と、能天気な声が聞こえた。

そして、その声の主は、から、ころ、から、ころ、下駄の音を派手にたてて路地を歩き、井戸のところで、
がらがらがら！

と、版木に足をつっかけて、ころんだ。

「な、なんでえ、一穂のヤロー、この往来に版木なぞを出しっぱなしにしやがって、コンちくしょう！」

という声。

しかし、文次郎はそのまま足をひきずって木戸に近いこの部屋に近づき、乱暴に戸を叩いた。

「ゆーのーみーちゃーん」

明るい声だ。

あちゃーと、一穂は長屋裏で頭を抱えた。

部屋の中の三人は、押し黙ったままである。

誰も言葉を発しない。

「ゆーのーみーちゃーん」

ここまでだ、と一穂は思った。

急いで立ち上がって、長屋裏を走り、路地に出ると、

「ぶ、文次郎、黙って、黙って！」

と、押さえにかかった。

「な、なんでえ、一穂。昨日ッからすっかり事情は知っているだろうが。今日は楽しい団子の日だぜ。うひゃひゃひゃひゃ」

そう言った文次郎、これでもかと髷を細くまとめて、鬢付け油を塗っている。髪がてかてかに光って、眩《まぶ》しいほどだ。

眉墨も塗っているらしく、やけに眉がくろぐろと太くなっていて、目張りがおかしい。不自然に目がぱっちりしている。

着物は、身分不相応に粋な藍の縦縞に角帯で、周囲には、濃い香の匂いが立ち込めていた。男性用の匂い袋であろう。文次郎がこんなものを持っていたというのが驚きだが、おそらく誰かに借りたものだ。

オシャレに慣れていない証拠に、鬢付けの匂いと、匂い袋のそれとがごっちゃまぜになって、一帯に奇妙な甘いかおりが漂っている。

思わず一穂は、

「ごほごほごほ」

と、咳《せ》き込んだ。

「や、やりすぎだ、文次郎」

しかし、当の本人は気が付く様子がない。

そのとき。

がたがたと、きよさんの部屋の引き戸があいて、ゆのみが、楚々《そそ》と、俯きぎみに姿をあらわした。

「文次郎さん――」

「おお、ゆのみちゃん。今日もカワイイね！　さあ行こう。日本橋榮太樓のお団子はうまいよー」

「ごめんなさい」

「へ？」

「ごめんなさい、行けないの、文次郎さん」

「なんで？」

「――井筒から、迎えが来たの」

ゆのみは、顔を上げない。

文次郎は、怪訝顔で首をかしげている。

そのとき、ゆのみの背後から、背の高い新右衛門が出てきて、礼儀正しく頭をさげ、すっとゆのみの肩を抱いた。

「ご近所様。うちのゆのみが、御迷惑をおかけいたしました」

「へ?」

「きよ様、ありがとうございました」

「おばさま。わたしは新右衛門さんと、井筒に戻ります」

すると、きよさんも軒先に出てきて、すっかり毒気が抜けたように、さっぱりと胸を張り、

「頑張りなさい。しっかり新右衛門さんにお仕えするのですよ。それからね、こっちはこっちで無事にやっているから、心配しないように。そんなにマメに戻ってこなくてもいいのだからね」

と気丈に言った。

このわずかな間に、三人の間にどんな会話があったものか。

しかし、この間に、確かにふたりは、一対の男女になっていた。

そして、ゆのみは、そこにいた皆に丁寧に頭をさげ、新右衛門に守られるように、長屋を出ていった。

◇

半刻（一時間）後。

日本橋榮太樓の店の前、表通りの縁台――。

薄茶に添えられた団子を目の前にして、文次郎は、見る影もないほどに憔悴《しょうすい》していた。

がっくりとうなだれ、昨日ゆのみから貰った楓の葉っぱを指先に持ったまま、身動《みじろ》きもしない。

「このお客さん、どうしたのかね？　お医者サンを呼ぼうかね」

田舎訛《なま》りのある店の茶くみ娘が、心配げに言った。

「あ、気にしないで。ちょっとしょげているだけだから」

横に座った一穂が、明るく言う。

「そったらこったら、ええけんどねー」

「それはそうと、このお茶、ちょっと冷たいけど」

「あれ？」

湯呑を触って――。

「あんれ、まあ、ごめんなさい、間違って冷え茶を持ってきちまったァ。こンれまた、失礼《すっれ》してまって」

「いいのよ、いいのよ」

「すぐに、ハァ、あったかいのを持ってきますンで――」

慌て者らしい娘は、バタバタと奥へ戻っていく。

この騒ぎの間にも、文次郎はぴくりとも動かず、楓の葉っぱから一瞬たりとも目を離さなかった。

「ほら、元気出しなさいよ。お団子、食べちゃうよ？」

一穂は励ますように言いながら、お茶を待たずに団子を口に放りこむ。

うん、いい味だ。

早くお茶が来ないかなあと思いながら、むしゃむしゃと口を動かし、

「そもそも、ゆのみちゃんの隣で釣り合う顔でもないでしょうが」

と言うと、文次郎はぴくり、と肩をうごかした。

「うるせえ——。顔は関係ねえ」

「そうかねえ。あると思うけど」

「てめえなんかに、おいらの気持ちが、わかってたまるか」

文次郎は顔をあげ、情けなく顔を歪ませて、

「今日、おいらは、ゆのみちゃんと、団子を食うはずだったんだ!」

と言った。

「あたしで、悪かったね」

「ほんとだよ」

空は青空。

日本橋の賑わいはどこまでも平和だ。

団子をもぐもぐと食べながら一穂は、

(ゆのみちゃん——しあわせになってね)

と思った。

すると、そこへ、与三二と辰吉が通りかかり、素っ頓狂な声を出す。

「どうしたンだ、ふたりで」

「ま、まさか、お前ら」

ふたりは、文次郎と一穂の前でおろおろと狼狽《うろた》えた。

その平和なバカヅラを見ていたら、一穂は、

（ああ、こいつらは、本当になんにも考えていないんだろうなあ――）

と、力が抜けた。

ゆのみを迎えに来た新右衛門の覚悟の決まった顔を思い出す。

あの若旦那の、爪の垢《あか》でも煎じて呑みやがれ。

「いつの間に、ふたりで団子を食うような仲になったンだ！」

一穂は黙って立ちあがり、騒ぐ二人の頭を、思いっきりひっぱたく。

「ふざけんな。ンなわけねえだろ」

「痛ぇ！」

「なんだよ！」

するると、突然、

「う――う・う・う・う・う」

と文次郎が、大きな嗚咽《おえつ》を漏らした。

与三二と辰吉が驚いたように振り返り、顔を見あわせた。

「えっ」

「なんだなんだ、どうしたい?」

見ると、文次郎の持っている楓の葉っぱに、ぼたぼたと大粒の涙がこぼれ、雨に濡れたようになっている。

「しっかりしてよ」

「うるさい、お前なんかにわからない!」

「江戸っ子でしょ。女のことなんかで情けない」

「ゆのみ、ちゃん!　ゆのみ——ちゃぁん!　えっ、えっ、え、ゆのみぃ」

文次郎は、あたりかまわず泣き出した。

その声を聞いて。

店の中から、慌て者の茶くみ娘が、はァい、ただいま、と言いながら、熱いお茶の入った湯呑を持って飛び出して来てつんのめり、文次郎の頭にぶちまけた。

火盗改メ 色男騒動

よく晴れた江戸の昼下がり――。

街路に立ち並ぶ表店《おもてだな》は戸をひらき、爽やかな風に深呼吸をしている。

ひとびとの頭の上を、夏のツバメが風を切って飛んで行った。

市右衛門《いちえもん》は、長屋の路地の奥で、浮《う》かれ堂《どう》の戸を開け放ち、必死でかわら版を刷っている。

そこへ、からからと下駄《げた》を鳴らして、一穂《いちほ》が帰ってきた。

神田までお使いに行ってきたのだ。

一穂は、刷りたての新版を取り上げてまじまじと見た。

「パッとしないなあ」

粗末な茶色の紙に、墨もくろぐろと、取っ組み合いをしている二人の女の絵が描《か》いてあり、おどろおどろしい文字でこう書いてあった。

日本橋　山西屋《やまにしや》の妾《めかけ》、本妻に発見され　修羅場

「こんなかわら版、売れるものかね」

市右衛門は、顔をあげると、ああ帰ってきたか、それじゃ一休みするか、とばかりに框《かまち》に腰掛け、反論した。

「そんなこたァねえぞ。江戸の町人どもは、金持ちの色恋沙汰が大好きだ。そこそこ売れるンじゃァねえか？」

「誰もヒトの妾なんざに興味はねえよ」

「そうかなあ。山西屋の女将《おかみ》さんも、気が強い女だってぇじゃねえか。女同士の喧嘩《けんか》は、面白いぜ」

そう言いながら市右衛門は、一穂が汲《く》んで持って帰った竹筒の水を取り上げ、ごくごくと呑《の》んだ。

「それに」

　市右衛門はのどを鳴らして、ああ、うめえと呟《つぶや》いてから加えた。

「これは、八丁堀《はっちょうぼり》の吉田《よしだ》様から下されたネタでもあるんだ。早々にかわら版にして稼げとのお達しだ」

「吉田主計《かずえ》様からぁ？」

　一穂はあきれたような声を出す。

　脳裏に、背が高くて色の白い、育ちの良さそうな北町奉行所の定町廻《じょうまちまわ》り同心の顔が浮かぶ。

「また、くだらないネタだね。奉行所同心ってのは、よほどにヒマなんだろうかね。サムライは、おかみにお扶持《ふち》をもらっているせいか、どっか気楽で間が抜けているよ。あたしら町方は食えなければ干上がっちまう」

「そりゃそうだ」

　市右衛門は頷《うなず》き、

「そういうお前は、なにか面白いネタを持っているのか？」

　と聞いた。

「それが……、ないねえ。稼げそうなネタは」

「売れるものといえば、奉行所や老中様のようなおかみのネタ、吉原《よしわら》の花魁《びじん》の話、歌むふたりでそんなことを大声で話していると、井戸端で洗濯していたおとらが口を挟む。

「なんだよ、一穂ちゃん、またネタがないのかい」

「そうなんだよ。このままだとオマンマの食い上げだい。吉田様の御用を承っているからといって、給金が貰《もら》えるわけじゃァないんだから」

「ふうん――」

おとらは、井戸からくみ上げた水を、自分の盥《たらい》に乱暴にかけながら、

「じゃァ、あれだよ。この前の坂本町《さかもとちょう》のボヤ騒ぎの話はどうだい？」

と言った。

「ボヤかあ。江戸じゃあ、しょっちゅうある話じゃないか」

「なんだよ、あきれたね。早耳のかわら版屋が知らないってえのかい」

「え？　なンかあったの？」

「そのことさ」

おとらは、腰を伸ばしながら教えてくれた。

「そもそも火事と喧嘩は江戸の華。いざ出火《でび》ともなれば、火消の色男どもが出て纏《まとい》を

ふりまわす姿がたまらねえってもんだ。あたしゃ、半鐘《はんしょう》の音を聞いてすぐに現場に駆け付けたよ」

「道理だね――面白かったかい？」

「面白かったさ。火元は料理屋だったが、裏の長屋の壁も燃えたンだ。すぐに二番組から『ろ組』が出て、まわりの家をぶっ壊していたぜ。そこに、なんと――、火盗《かとう》が来たんだよ」

「火盗？」

一穂はくびをひねった。

「火事は火付けだったのかい？」

「いや、ただのボヤだったンだけどね」

火盗とは、正式名称を『火付盗賊改メ』といい、市中市外の治安維持を承る特別な奉行職である。

南北の町奉行とは別組織で、主に凶悪犯罪を取り締まる。

与力は徳川《とくがわ》の旗本八万騎の中でも選《え》りすぐりの武官『先手組』の手練《てだ》れで、腕に自信があるサムライばかり。おかみから切り捨て御免の許しを得ており、江戸の外、関《かん》八州《はっしゅう》の出入り御免の特権もある。ともかく荒っぽい連中であった。

「妙に派手な揃《そろ》いの法被《はっぴ》でしゃしゃり出てさ。やあ、火事を消せ、怪しきものは捕縛せよと、賑《にぎ》やかに威勢を張ったのさ」

「たかが町方のボヤだろ。どうしたんだろ」

「だよねえ。すぐにろ組と縄張り争いさ。まあ、火盗はサムライだから、町方は頭を下げるしかねえけど、男ぶりの争いとなれば互いに意地を張るしかないね」

「あらまあ――。どうしちゃったんだろ、長谷川平蔵《はせがわへいぞう》様がトチ狂ったのかな?」

「いや、それがね」

おとらは言った。

「来たのは、火盗本役の長谷川平蔵様のところの与力じゃァなくって、松平定寅《まつだいらさだとら》様ンところの与力だったのさ――」

「松平定寅?　誰それ」

「そうだよねえ――、去年火盗になったばかりの加役だよ」

「へえ」

「でさあ、これが、どいつもこいつも見栄えのいい若い衆ばかり。眉は太く、鼻筋が通って、まるで役者だ。驚いたよ。町方の火消目当てだった娘衆が、きゃあきゃあと大騒ぎになっちまってね」

「へえ――なんだか、妙な話だね」

一穂は首をひねり、市右衛門の顔を覗《のぞ》き込むようにする。

おとらは続ける。

「うわさ話の種に飢えている町娘たちの間じゃァ、ちょっとした評判さ。なんで町方のボヤなんかに火盗の連中が来たものか。しかも、加役の若い衆はいい男だらけ。なんでまあ、あんなに見栄えのいいサムライばかりを集めたんだろうねえ――。どうだい、金持ちの妾の話よりも、加役の色男のほうが面白そうじゃないかい？　ろ組と、火盗の意地の張り合い。草紙にすればきっと儲《もう》かるよ」

「確かに――」

一穂は思案顔に思った。

火付盗賊改メが扱う事件は大きいものばかりだから、そもそも人気のネタなのだ。その火盗に新任がいて――しかも、長谷川平蔵ではない？

どういうことだろう。

「調べたら、面白いかもしれないね」

「そうだろ？」

「大手の版元がやる前に動いたらどうかね」

「ふうむ」

それを聞いた市右衛門は、一穂が持って帰った竹筒の水をもう一度呑みながら、

「確かにそうだな」

と言った。

「おいらは火盗なんざに興味はねえが、色男ばかりで、娘衆が騒いでいるってえのが気に入った。娘は草紙やらかわら版やらをよく買ってくれるからな。吉田様のところに行って、裏を取ってみるか、なあ、一穂」

◇

一刻（二時間）後、ふたりは八丁堀の同心屋敷に、定町廻りの吉田主計勝重《かつしげ》を訪ねていた。

組屋敷の中には長屋が続き、あちこちで洗濯物が干してある。

良く晴れているから、あっちもこっちも洗濯だ。

サムライの長屋も、自分たち町方の長屋もなんの変わりもない——一穂はなんだかおかしい気持ちになった。

気の置けない吉田は、ざっくばらんにふたりを組屋敷にあげて、下女が今日は休みなのだと愚痴を言いながら、自ら茶を淹《い》れて、ばたばたと忙《せわ》し気《げ》に走り回ったあげく、縁に座った。

サムライとしては、ずいぶん気さくなふるまいである。

市右衛門も遠慮せず、出された饅頭《まんじゅう》をぱくぱくと食べながら、

「この前、お指図いただきました、山西屋の妾がネタのかわら版は、順調に刷り上がっていますぜ」

と報告した後、坂本町のボヤ騒ぎに火盗が来たって聞いたンですが、何か知っておいでですかいと聞いた。

すると、吉田は腕を組み、

「うむ――、その話を聞いたか」

と、苦虫をかみつぶしたような顔をした。

その反応に、一穂と市右衛門は顔を見合わせる。

「なんか、あったンですかい？」

「そのことだが――われわれ下っ端は、面倒なことになっておる」

「はあ」

「貴様ら町人は『火付盗賊改メ』と言えば誰を思い出す？」

「そりゃァ、長谷川平蔵宣以《のぶため》様ですよ。本所《ほんじょ》の銕《てつ》、鬼の平蔵といえば、今大岡《おおおか》ともてはやされる人気者。大泥棒の真刀徳次郎《しんとうとくじろう》や盗賊葵小僧《あおいこぞう》をお縄にした御手柄で有名ですな。若い頃は町方で無頼を働いていたそうで、名をあげてからは、私財を投じて貧乏人を救うための人足寄場を作られた。われら町人の人情がわかるおかしらだってンで、評判です」

「そうだよなあ。そうなんだよ」

「それが何か問題でも？」

「長谷川様はな、先の御老中、田沼意次《たぬまおきつぐ》様のお気に入りだったお人だぞ。田沼様が失脚したあとに政権を握った松平定信《さだのぶ》様とは犬猿の仲だった。その松平様も退任したが、いまなお公儀においては、その影響力は続いている。つまり、今の政権と長谷川様は、折り合いが悪い」

「それが？」

と一穂。

「誰と誰の仲が悪いとか関係ないでしょう？　長谷川様は、名奉行なんだから、ずっとお役目にいてくださるほうがいい」

それを聞いて吉田は、訳知り顔をする。

「貴様ら下々のものから見ればそうだろう。だがな、サムライの中では、派閥が違うというのは大いに困ることなのだよ」

吉田は、年若のくせに、わかったように頷く。

「田沼様が失脚したあと、あとを継いで老中筆頭にのぼった白河公《しらかわ》（松平定信）は徹底的に田沼派を粛清した。そもそも老中首座が変われば、幕閣は入れ替わるべきなのは自明だ。町奉行も寺社奉行も目付も馬廻りも変わった。だが、そもそも火盗は将軍様の直命職で、公儀の幕下にない。そのうえ長谷川様は、えらく人気があり、実績もある。お名前が大きすぎて誰も口を出せぬ。結果、田沼派が、たったひとり政権内に残されているというわけだ——」

「ふうん」

「これは政事《まつりごと》の求心力を脅かす重大事ぞ」

「そんなもんなんですかね」

一穂も、市右衛門も、なんとなくピンと来ていない。

「みんな、長谷川様を辞めさせたいと思っているのだが、人気がありすぎて敵《かな》わぬ。ともかく誰も首に鈴をつけられない」

吉田は続ける。

「そこでお歴々は、追手鉄砲組八番隊の俊英である、筆頭剣士の松平定寅殿に加役を申しつけた。まあ、お目付け役だな」

「はあ」

「松平定寅殿は、文武両道に秀でた旗本でも随一の偉丈夫であって、若手のサムライどもには人徳がある。江戸城のお歴々は、この定寅殿が長谷川様以上の人気となり、世の中の空気が『火盗といえば長谷川平蔵』から『火盗と言えば松平定寅』になってほしいと期待している。ところが」

「ところが？」

「松平定寅様が火盗に任命され、きちんと高札場にお触れが出てから随分たつというのに、定寅様の名前は一向に広がらない。今なお、火付盗賊改メといえば、長谷川平蔵だ。ご公儀はなんとしても、長谷川様よりも松平様の評判をあげたい。そういうわけで、追手組でも選りすぐりの美丈夫をあつめて、与力とした。——見た目で勝とうとしたのだ」

「なんと」

「いつ町人たちの前にお披露目しようかと悩んでいたところに、ボヤさわぎがあったので、それっというので出動して、派手にお触れ散らしをした、とまあ、そういうわけなのだ」

「はあ——」

一穂はあきれた。

だが、よく考えると、まるで意味がなかったとも言えない。

実際、町娘の間では評判となり、松平定寅の名前は広がった。

こうしてかわら版屋も動き出している——。

「この作戦、さんざん城内では議論がしつくされたものらしい。つまり、われわれ下々のものは何かを言える立場ではないのだが、われわれ現場にとっては、もうひとつ大きな問題がある——」

「それは、なんですかい？」

「実はな」

吉田主計は、秘密を打ち明けるように、声を潜《ひそ》めた。

「松平定寅様が、ブ男だということだ」

「へ？」

「定寅様は、ブ男なのだ。潰《つぶ》れたガマガエルのような顔つきをしている」

吉田は自分の両頬を、両手で潰すような仕草をした。

「…………」

「……はい」

吉田はすぐに、真剣な表情に戻り、熱をこめて言う。

「われわれ下っ端にとっては一大事だぞ。こんなブ男の人気をあげねばならぬのだからな！」

「た、大変ですね」

「うむ。定寅様は、三河以来の名流の出で、学問も武道も一流。ともかく仕事はできるおかたで筆頭剣士としての評価は高い。こたびは『火付盗賊改メ』に命ぜられ、張り切っておられる。江戸城の本丸に詰めておられるお歴々の為《ため》にも、江戸の町方の人気者になってごらんにいれますときたものだ」

「なるほど――」

「長谷川様も悪いのだ」

吉田は困ったような声で言った。

「あのかたは、良くも悪くも武家の序列を気にしない。お偉方にも頭を下げないし、下々とも仲間づきあいする。よく言えば気さくだが、見ようによっちゃあ、やりたい放題ともいえる」

「へえ、面白い」

「もうすこし、武家のたてつけに気を配って欲しいものだ」

「――――」

「それに、あのひとは、町の雑務はやらない」

「どういうことですか」

「われわれ奉行所が、江戸の町方のお役目で忙殺されておるのはわかるな」

「はい」

「町奉行所の同心は、町をまわってお達しを伝えたり、町の顔役には十手を配ったり、番屋の町人どもを激励したり。諍《いさか》いの仲介から、ゴミ処理、高札場の管理や港湾の整備。さまざまな仕事をやっている。奉行所がこなす訴状は、毎日、三十から四十。

――毎日、だぞ」

「凄《すご》いですね」

「これを、小田切土佐守《おだぎりとさのかみ》様と内与力様五名で処断しておる。数日休めば机の上に書類の山ができるほどだ。さらに小田切様においては、身分の高い大名、旗本の訴状をこなす会議にも月に三回出る。さらに、米価、物価の調整の定例報告会。市場の運営状況の老中への報告会——その間に重大事件の探索、逮捕、お白洲《しらす》に出てのお裁きをしているのだから、激務も激務。よくお倒れにならないものだ」

「てえしたもんですな」

「だが、火盗にそんなお役目はない。町奉行の手が回らぬ重大事件だけを追う。庶民どもから見れば、格好いいだろうよ」

　吉田の愚痴は続く。

「そもそも、天下を治める役人ならば、町人に嫌われることはやりません、では困るのだ。御老中から町方の公序良俗を取り締まれ、という命令が出ているのだから、役人は心をあわせて取り締まらねばならぬ。それなのに、長谷川様は、それは拙者の役割ではありません、などと言って動かない。イヤな仕事は、みんなこっち任せなんだ。ぢぐじょう」

「はあ……、いろいろあるんですねえ」

「庶民を取り締まるような人気のない仕事は全部こっち任せで、大事件になると出てきて派手な捕り物で悪人を懲らしめる。だから、町人どもは、長谷川殿が大好きだ。ふざけるな」

「——」

「そんなわれわれ下っ端の気持ちを汲んで、松平定寅さまは『よし、わしが人気となって長谷川平蔵の鼻をあかし、貴様らの溜飲《りゅういん》をさげてやる』とおっしゃってくださった。それを聞いて、町奉行のほうも、できる範囲で助けてやれと、お奉行や内与力様の許しが出ている」

「そうなんですか」

「定寅様がブ男であるのが惜しい。惜しすぎる」

「長谷川平蔵様は、いい男ですからねえ」

「そのとおり――。役者のごとくイイ男だ。気楽な町人どもめ、外見に流されおって」

吉田主計は、膝を叩《たた》いて悔しがった。

市右衛門は、一穂の目を見た。

その目にこんなふうに書いてある。

(一穂、こりゃァ、あんまりいいネタになりそうもねえな)

一穂もわかったとばかりに頷いた。

そりゃそうだ。不細工な新任奉行など、到底かわら版にはなるまい。

(そうだね、おじさん。深入りは無用――そうと決まりゃァ、早めにズラかろうぜ)

　ふたりが、立ち上がろうと腰をあげかけたとき、吉田主計が、覆いかぶせるように言った。

「そこで、一穂、市右衛門」

「は」

「拙者と水野左衛門《みずのさえもん》殿は、明日、加役殿の役宅に伺わねばならないのだ。ついてくるように」

「へ？」

「今、絵師に、松平定寅様の似顔を描かせておる。これの御許可がおりれば、市右衛門、貴様はその絵でかわら版を作るのだ」

「松平定寅様のかわら版ですかい？」

「もともと、絵ができれば、貴様に命じるつもりでおったのだ。ちょうどいいところに来たわい」

「――――」

「松平定寅様の格好いいところをかわら版にして、江戸市中にばらまくのだ」

「ブ男を、とびきり格好良く描くというわけですかい？」

「いかにも。これは、難しい仕事よ……」

吉田主計は厳しい目つきで空をにらみつけるようにした。

◇

旧飯田町《いいだまち》の、加役の組屋敷――。

「――わしは、このように鼻が低くはない」

松平定寅は、首をふった。

町絵師の柳亭《りゅうてい》佐平治《さへいじ》は、恐懼《きょうく》して座敷に平伏している。佐平治はやせ細った老人で、いかにも気が弱そうだった。

座敷には、水野左衛門と吉田主計勝重が座しており、反対側に松平定寅の手の者らしき屈強なサムライたちが居並んでいる。

「いかにも」

「おかしらはもっと男前だよな」

手の者らしいサムライたちは、頷く。

一穂は、市右衛門とともに、一段下がって庭の石の上に頭をさげていたが、

(なにい?)

と声を出しそうになった。

(ガマガエルが潰れたような顔をしやがって——。部下どもも、部下どもだ。見え透いたことを言いやがって)

初めて見る松平定寅は確かにブ男だった。

顔が丸いのだが正しく丸くない。目は妙に離れており、白目勝ちで、鼻は団子鼻で、口は分厚く、妙に大きい。

定寅は、その顔のまま上座に座り、憮然《ぶぜん》としている。

その右に座った筆頭与力と見える黒い羽織のサムライが、重々しく言った。

「おい、絵師。もっと、目をぱっちりと大きく描け。眉も黒々と描くのだ。鼻筋も通すがよい」

「そ、それは……」

柳亭佐平治は汗だくになって、額を畳にこすりつける。

反論したいのだが、町絵師の身分ではどうしようもない。緊張して言葉が出ないように見える。

見かねた水野左衛門が、助け船を出した。

「火盗の皆様。確かに此度《こたび》は松平様の御姿を麗しく描くことが目的。相応に盛りまするが、御目をぱっちりさせるのはちょっと……。それに、団子鼻をまっすぐに描くのも、世間の目が——そうだな、佐平治」

「は、はあ」

絵師は泣きそうになりながら、頭を上げない。

「なにを言うのか——。これは上意であるぞ」

羽織のサムライは言った。

「とは、おっしゃいましても……」

「貴様ァ、おかしらが、このようなブ男だと申すのか！ブ男じゃないか！

末席に控えた一穂は叫びそうになったが、到底それを指摘できる雰囲気ではなかった。

「まあ、よい。加納《かのう》、控えよ」

加納、と言われた黒羽織のサムライは、はっ、と頭をさげスッと膝を下げた。

「——絵師には絵師の言い分と言うものがあるのだろう」

松平定寅はそう言うと、ゆらり、と体を揺らした。

「拙者の男ぶりは、わかる者にしかわからぬからな」

「御意に」

「先日のことじゃ」

「は」

「老中の牧野《まきの》殿の宴席に呼ばれたのだが、その場に牧野様は、吉原遊郭は十文字屋《じゅうもんじや》の花魁《おいらん》、露菊《つゆぎく》を手配された――。実に、いい女であったぞ」

「露菊といえば、吉原にあって滅多に姿を現さぬという絶世の美女でありますな」

「いかにも。さすがに牧野様の手配じゃ」

「それだけ、殿を大事に思われてのことかと」

「うむ――。その露菊がこう言ったのだ。殿は、本当に素敵なおかたです。このようなご立派な偉丈夫は、見たことがございません、さすが先手組の筆頭剣士でありんす、となと」

「おお」

「おお――」

部下のサムライたちは感嘆の声をあげた。

「数多く貴顕の男どもを相手にしてきたであろう吉原の筆頭女﨟《じょろう》が、お褒めになるとは、なかなかあるものではございませぬ」

「うむ。うむ」

それを聞いていて、一穂は頭が痛くなってきた。

吉原の花魁は、いくら高級であっても、遊女である。

遊女であれば、大金を積んでくれるもてなすべき客を、気持ちよくするのが仕事だ。

まさか正直に、

「あなた様はブ男ですね」

などと言う訳はあるまい。

しかし、部下のサムライどもは、ほお、なるほど、などと感心の体《てい》である。

「——さすが露菊ほどの女となれば、殿の男ぶりがわかるのですな」

「いかにも」

松平定寅は、満足げに頷くと、

「拙者の男ぶりがわかるには修業がいる——。にわか町人ではわかるまい」

誰にもわからんわ、と思うが、黙って下を向いているしかない。

吉田主計は、この茶番に必死に耐えている様子で、頬をひきつらせている。

(なんか言ってよ、吉田様)

庭の石の上から、一穂は厳しい視線を送った。

吉田はそれに背中を押されたかのように、必死で言う。

「さ、さすがでございます。松平様。おっしゃるとおり、絵は、描き直しをさせます。いいな、佐平治」

「は、はい」

柳亭佐平治は、慌てて、用意の紙と筆を整える。

「他に、その下絵について気になる点はございますでしょうか。絵師が準備をしている間にお聞かせあれ」

「――ふうむ。差料《さしりよう》であるが、これは河内守藤原国助《かわちのかみふじわらくにすけ》としてもらおう」

「はい。それはまたなぜ。床の刀《もの》を拝見したところ、お奉行様の差料は、粟田口国綱《あわたぐちくにつな》ではありませぬか」

「うむ。確かに――。だが、粟田口国綱は、長谷川平蔵の差料でもあるのだ。そちらが世間に流布している以上、真似《まね》をしていると思われるのは心外じゃ。よって、実家にある国助にしてもらう」

「承りました――他には」

「煙管《きせる》を描きたるときは、地味で質実剛健たる如真《じよしん》の銅煙管にしてほしい」

「これまたどうして」

「長谷川は、左藤巴《ひだりふじともえ》の紋を刻んだ派手な延べ銀の煙管を使っておる。これまた真似をしていると思われれば心外」

「は、はい――」

ずいぶんと細かい指示である。

それに、松平は長谷川平蔵にかなり詳しい。

政敵として、だいぶ研究していると見える。

吉田主計は必死で、それを手元の紙に書きつけ、備忘としている。

「よし――、準備ができたな」

「は」

「待て。格好をつけるゆえ、その隙に描け」

松平定寅は、佐平治の手元を見て、言った。

「は、はい」

そして、その場で立ちあがり、ぐっと胸を張って遠くを見ると、口をへの字に噛《か》みしめて、見栄《みえ》を切った。

「描けや!」

「へ、へえ！」

佐平治は必死で筆を走らせ始める。

しん、と静まった座敷に、さらさらと筆を走らせる音だけが響いている。

しばらくすると……、

「ぶっ、——はあ、はあ、はあ、はあ」

と松平定寅は、息を止めることに耐えられずに大きく息をした。

「おかしら——、おそれながら、息をしても大丈夫でござる」

「あ、そうか。そうか。息をしてもいいのだな」

「そこは、絵師がきちんと描きますする」

「なるほど。さすがは玄人じゃ。息をしていても描けるとは」

バカみたい——。

一穂は思ったが、それを口に出せぬほどに場は緊張している。

男どもが大真面目である以上、一穂も黙って様子を見ているしかない。

「むっ！　えいっ！」

松平定寅は次々に見栄を決める。

絵師の佐平治は、もう必死の体であった。

やがて、絵が描きあがる。

あくまで下書きではあるが、精いっぱいの絵であろう。

水野左衛門が膝をすすめて絵を確認し、むっ、と首をかしげて、吉田を呼んだ。

吉田主計は頷くと、膝を進めて絵を覗き込んだ。

「ううむ」

「む、むう」

ずんぐりむっくりの水野と、ひょろりと細い吉田は、首をかしげて絵を覗き込み、容易にそれを火盗方に見せようとせぬ。

「絵を、見せよ」

加納と呼ばれた黒羽織の男が言った。

「は」

「はあ」

吉田と水野はうなった。

「ええい、見せよ」

加納は立ち上がり、ずかずかと近づいて、吉田と水野から絵を奪った。

そして、それを一目見るなり、

「き、貴様！」

といって、刀に手をかけた。

「絵師の分際で、この期に及んで、おかしらをブ男に描くとは何ごと！」

「ひ、ひい、ご勘弁ください！　これでもかなり、盛りましてございます」

ここに至って、一穂はもう、我慢も限界に近くなっていた。

（いい加減にしやがれ！）

庭の砂利の上に正座したまま、ぎりぎりと拳を握り、奥歯を噛みしめる。

（ブ男を、いい男だという前提で話をしおって！　最初から無理があるのだ！　絵師は素直に描いただけだ。仕方なかろう！　これは許せぬ）

横にいた市右衛門が慌てて押さえにかかる。

（我慢しろ、バカ野郎）

（どれだけ偉いか知らねえが、ブ男はブ男だ！）

（そ、そんなはっきり……）

庭で市右衛門と一穂はこそこそと揉《も》みあいになる。

いっぽう、縁の上、畳の部屋からは、大声が聞こえた。

加納であった。

「いいか絵師、良く聞け。殿は三河《みかわ》以来の譜代、久松《ひさまつ》松平の直系であり、いわば貴公子である。その貴公子が、いざ江戸の町に打って出ようというのだ。貴様の仕事は、殿を光源氏《ひかるげんじ》か源義経《みなもとのよしつね》のごとく美しく描くことであろう、この無礼者！」

この際、家柄と外見は関係ない。

だが、この場は、その当たり前が通じないようだ。

ここまで堂々といい男として描けと言われると返す言葉もない。

「は、ははあ――」

絵師は、汗だくになり、震える手で右手に置かれた筆を執り、

「も、もう一度、描かせていただきます」

と言った。

ここで切り捨てられ、命を落とすよりもマシである。

「こ、こうでしょうか」

と急ぎ、顔を描いてすぐに見せた。

「違う！　鼻筋を通せ！」

「では――こう」

「駄目じゃ、目元はもっとすっきりとさせぬか！」

「は」

「顎はそんな二重あごではない」

「うっ」

「髪の毛を増やせ！」

「ひ、ひいっ……」

加納に脅かされながら、絵師は必死で似顔絵を描いていく。

もうその顔は、涙でぐしょぐしょである。

それを、脇に控えた水野左衛門、吉田主計、さらに縁の下の砂利上に控えた市右衛門と一穂が、じっと奥歯を嚙みしめ見ていた。

やっと絵師が、

「で、では、こちらで」

と、できた絵を掲げて見せたとき、時ならぬ強い風が吹き、絵が絵師の手元から離れた。

緊張のあまり、柳亭佐平治の手が震えていたのである。

絵は、風にのって飛び、庭に控える一穂の手元に落ちた。

一穂は、その絵を、見る——。

そこには、見目麗しき、立派なサムライの男ぶりの絵——。

それを見たとたん、一穂は思わず叫んでしまった。

「こ、こりゃァ、いけねえぜ！」

しまった、と思ったがもう遅い。

口から、出てしまった。

「この絵は、おかしら様にゃァ、似ても似つきませんぜ！」

市右衛門は、やっちまった、と頭に手を当てる。

吉田と水野は思わず抱き合う。

加納は驚いて仁王立ちとなり、奥の上座に座った松平定寅も何事だ、とこちらを向いた。

一穂は勢い、だん、と片足を框に載せると、

「憚《はばか》りながら、おかしら様——。こいつァ、いけませんぜ。この絵のどこが、おかしら様に似ているというのでありましょう。絵師の野郎が、あんまりにもかわいそうでございますよ！」

と啖呵《たんか》を切った。

一穂は江戸っ娘《こ》。

こうなるともう先を考えられるような智慧《ちえ》は回らない。

「どうやったら、おかしら様のへちゃむくれの顔が、こんな男前になるってンですか。吉原の花魁にモテモテですと？　花魁のお姐《ねえ》さま方は、どんなブ男だろうが、お客様をもてなすことが仕事なんです。言っちゃァなんですが、おかしら様は、馬の尻か、潰れた饅頭みてえな顔でございます。ブ男は、どんなに頑張って描いてもブ男。サムライらしく、認めたらどうですか！」

「え――」

突然、末席からあらわれた娘に一喝された松平定寅は、あまりのことに驚いて、口をあんぐり、と開けた。

頭を殴打されたかのように、目をぱちくりさせて額を押さえ、頭《かぶり》を振っている。

それを見た加納が、鬼の表情で進み出て、

「貴様、何者だ。ふざけたことを言いおって！　ここにおわすを、どなたと心得る！」

吉田は慌てて膝を進めて両手をひろげ、

「加納様、申し訳ござらん。この女、拙者の手の者にて、卑賤《ひせん》の者でございます。下々のモノにして礼儀を知らず――」

と止めにかかったが、

「なにを！　町奉行の手の者だと！」

「は」

「この狼藉《ろうぜき》、許すわけにまいらぬ」

「か、加納殿、お待ちください」

と水野も立ち上がる。

加納は刀に手をかけたまま前に進もうとし、それを押さえようとする吉田、水野ともみあいになった。

庭に立った一穂は、

「てやんでえ、ブ男をブ男と言って何が悪いんでえ」

とひるまない。

「一穂、やめねえか！　吉田様がお困りだぞ」

市右衛門が叫んだ。

すると突然、

「うッ！　ううッ！」

という巨大な嗚咽《おえつ》が、座敷に、響いた。

「なにっ――」

「むっ」

もみ合う加納、吉田、水野が振り向くと、松平定寅がその場に、がくりと膝をつき、頭《こうべ》を垂れている。

「お、おかしら！」

「どうされましたか！」

「――男《ヤロー》に言われるのは構わぬが」

松平定寅は震える腕を押さえつつ、絞るような声で言った。

「お、おなごに言われるのは………た、耐えられぬ！」

そう言って、松平定寅は、頭を抱えてしまった。

「おかしら！」

「松平様、しっかりなさってください」

加納と部下たちは、松平定寅に駈《か》け寄った。

「わかっているのだ――」

松平定寅は、鋭い目つきで、奥歯を嚙みしめるようにして、言った。

「本当は、わかっている――。自分が、なかなかいない容姿であることぐらい」

「なかなかいないって……」

「だが、人に言われると悲しい。ましてや、お前のようなカワイイ町娘に言われると、どうしようもなく悲しい」

なに？

一穂はぴくり、と反応した。

今何と言った？

あたしのことをカワイイと？

「拙者は、子供のころから、不細工というか、なんというか――いつも憎々しげに見られる子供であった……。普通にしているのに、怒っておるのか、とか、機嫌が悪いのか、とか、よく言われたものだ。愛嬌《あいきよう》があった弟や妹とは大違い。なぜ、わしだけが憎体《にくてい》に生まれたものか。親からもこの外見故に疎まれ、弟が嫡男であればよかったのに、と何度も言われたものだ。学問所でも道場でも恐れられた」

「お、おかしら」

ここまで謹厳実直な表情を崩さなかった加納が、太い眉を歪《ゆが》ませ、悲痛な声をあげた。

「お労《いた》わしゅうございます！」

「わかっておるのだ。自分の容姿ぐらい──。だが、拙者はここで負けるわけにはいかぬ。いかぬのだ」

「──御意に！」

加納も必死である。

松平は続ける。

「思えば、過去、拙者に優しくしてくれたのは、乳母のりんひとりである。りんは言った──『外見の美醜に拘《こだわ》るのは、サムライとして恥ずべき事。しっかりと学問と武芸を身につければ、あなた様は立派に出世なさるでしょう。美しい姫君にもきっと好かれましょう』──と。だから拙者は、必死で努力した。学問は一番。武芸も一番。徳川の武官でも精鋭たる先手組でも一番の筆頭剣士となり、男どもの崇敬を集めるに至った。出世すれば、こんな拙者でも、モテるようになるに違いないと信じて、だ。そして、ついに、火盗改メにまで上り詰めた。火盗は奉行の中でも人気の役職。さてこそ、名をあげんと思ったのに、目の前にあらわれたのは、男前の先任本役、長谷川平蔵であった！　拙者は、結局、男前を倒さねば、本役にはなれぬ。そのことを、今、知ったのだ」

松平定寅は言った。

「男前なぞ、嫌いだ！　長谷川平蔵など、大っ嫌いだ！　世の噂《うわさ》によれば、長谷川平蔵は、若い頃に実家を出奔し、町方でいろいろ苦労したのだという……。嘘《うそ》つけ！　男前のヤツの人生に、苦労などあろうことか。男前の苦労なんざ取るに足らぬわ。なにしろ、男前なのだからな！　ふざけるな！」

松平は、コブシで畳をどんどんと叩いた。

「いいか、娘、良く聞け。拙者はな、貴様のような妙齢の娘に『殿様、格好いい』とか『さすがは御殿様、素敵でございます』とか、言われることを目標に生きてきたのだ！」

「なんと」

「だが、二十、三十、四十の坂を越え、火盗改メにまで出世した今をもってしても、その目標は達成できぬ。ここまで偉くなっても、なお言われぬ。筆頭剣士として男の尊敬をいくら集めても、娘たちは一向に尊敬せぬ。その気持ちがわかるか！　わかるまい！　所詮貴様は、カワイイ部類だからな！」

「ま」

「ここまで来たら、絶対に、長谷川平蔵を倒すのだ。なんとしても、江戸の町人どもの人気を奪ってやる。もし、男前でないと人気になれぬというのなら、なってやろうじゃァないか！　もう本物の拙者など、どうでもいい。せめて噂で、男前だという評判を流すのだ。拙者の与力に美男子を揃えたのはそのためだ。見物人のうち、ひとりかふたりは、松平定寅は美男子だと勘違いするかもしれぬではないか。できることはなんでもやってやる！」

一穂は、その勢いに圧倒された。

男前憎し、という純粋な想《おも》いが、まっすぐに伝わってきた。

よほどこのひとは、町民の人気が欲しいのだ。

そこにいた者どもは、その率直な物言いに、胸を打たれた。

「このような気持ち、貴様のように、カワイイ町娘などにわかるわけがないッ！」

それを聞いた一穂。

庭に立ちつくして、考えていたが、何度も頷き、言った。

「わかりまする――！」

このひとはわかっているお人だ。

この短い間に、あたしのカワイさを見抜くとは。

タダモノではあるまい。

「よく見ればお奉行、なんと可愛《かわい》げのあるお顔立ち」

庭から座敷を、仰ぐようにして、そう言った。

「なにっ！」

驚いたのは座敷にいた吉田主計、水野左衛門である。

「おのれ、一穂！」

「またもやカワイイという言葉に我を失いおって！」

「黙れ、木《こ》っ端《ぱ》役人」

一穂は、ぐっと胸を張るようにして、座敷の奥にいる松平定寅を睨み、言った。

「おかしら様――、さすがは先手組の筆頭剣士となり、若手剣士の崇敬を集め、火盗改メにまで上り詰めたおかたでございます。今のあなた様のお言葉を聞いて、この浮かれ堂の一穂、心より改心し、感服いたしました」

さっとその場に膝をついて正座をし、頭をふかぶかと下げた。

「手前、卑賤の者につき、万事考えが浅く、おかしら様の深き思いまでには、考えが及びませなんだ――。不躾《ぶしつけ》な言葉、ご無礼つかまつりました。お許しいただければ幸いでございます。確かに、おかしら様の言う通り、男前など、信じられませんな。美女が信じられないのと同じでございます」

「おお、わかるか、一穂とやら」

「はい、その通り。確かに長谷川平蔵様は男前です。男前であれば、やはり警戒すべきものでしょう。これもまた、美女の言葉を信じてはならぬことと同じであります」

「いかにも」

「松平様！」

　吉田主計が進み出て言った。

「おそれながら松平様は、妙齢の娘であれば、みなカワイく見えているのではありませぬか？」

「吉田、血迷ったか」

　これは水野左衛門である。

「いえ――わが手の者にかかわる話ゆえ、言わせていただきます。松平様は、ブサイクと言われ続け、モテなかったために、どこか感覚がマヒしている。モテない男が年を取ると、若い娘はみな可愛く見えるものでございます！　そして、それは、おそれながら、大事なご政道の判断の誤りの元！　この者、確かに黙っていれば、そこそこカワイイともいえるでしょう。しかし、今のふるまいを見てわかりませぬか。口をひらけばこの通りでございます。つまり」

「つまり、なんだ」

「つまり、このような娘の言うことなど、男が言ったのも同じ。お気になさらぬように願い奉り、ご政道を誤ることがありませぬよう！」

「吉田様！」

鋭く一穂が言う。

「何をおっしゃるのですか。失礼な！　いや、わたしに失礼なのではない。おかしら様に失礼です」

「何を言う」

「いいですか、天下の火付盗賊改メ、松平定寅様がわたしをカワイイとおっしゃったのですぞ。そのお言葉の重さがわからないようだから、あなた様は出世なさらないのです」

「ひどい」

「いいですか——今、われわれの仕事は、かわら版に、長谷川平蔵様よりも男前の松平定寅様の御姿を載せることにより評判をあげ、お手柄を上げさせてさしあげることではありませぬか！　この浮かれ堂、この絵を確かにお預かりいたします。五日後——いや、三日後には、男前のおかしら様の御姿が、江戸の町方にばらまかれることでございましょう！」

◇

数日後。

二枚のかわら版が、日本橋南詰高札場前の盛り場で配られた。

一穂は、ねじり鉢巻きに、派手な緋色《ひいろ》の法被《はっぴ》。

籠《かご》一杯のかわら版を足元に置き、左手には持てるだけのかわら版。右手には客寄せの竹棒——。

「よってらっしゃい、見てらっしゃい。浮かれ堂のかわら版だよ！　こちらは、日本橋山西屋の本妻と妾の取っ組み合い。こっちの一枚は、新しく火盗の加役になられた松平定寅さま率いる色男たちの話だ。買った、買った、わずか八文だよ！」

人々は、ぽつぽつとかわら版を買っていく。

だが、どうも売れるのは山西屋の醜聞《しゅうぶん》のほうで、松平定寅の記事は売れない。

ひととおりかわら版を売っていた一穂は、広場の片隅の商家の庇《ひさし》の下で様子をうかがっていた吉田主計のもとに近づいて、言った——。

「吉田様、松平定寅様の提灯《ちょうちん》記事は売れませんねェ。やっぱり、誰も新しい加役殿に興味がないンじゃァないでしょうかね」

「山西屋のほうは売れているか」

「まあ、ぽつぽつと、ですね。なンか派手な事件が起きたときのようにバンバン売れたりしてはいませんが、まあまあです」

「よし――」

吉田主計は頷く。

その横顔を見て、一穂は言った。

「ねえ、吉田様。やっぱり、火盗の評判をあげるには、手柄じゃァねえですかね。長谷川平蔵様が人気なのは、つらがいいってだけじゃァない。葵小僧を捕縛して、騙《だま》されていたオンナどもを守ったからですよ。なにか大きな手柄がねえと」

「うむ。そうだな――。それも手を打っているさ」

「どういうことですかね?」

「――山西屋だ」

「へ?」

「こたびのかわら版――拙者が、ただ漫然と貴様どもにネタを渡したと思っておるのか。山西屋にはな、抜け荷の疑いがあるのだ。内偵を進めたところ、けしからぬ者どもの窓口《つなぎ》となっているのは『女』だとわかった。山西屋が大事な裏帳簿を任せるとなれば、それ相応の信頼がおけるものに違いない。つまり、女将か、妾だ」

「………」

「そこで、奉行所内で議論のうえ、町方のかわら版を使って、ちょっと引っ掻《か》き回してやろうということになったのだ。もしつなぎが妾であれば、どんなに世間で妾の存在が醜聞になっても、山西屋は妾を手離すまい――。妾宅《しょうたく》が商談の舞台になっていたということだからな。もし女将がつなぎであれば、妾はすぐにお払い箱になり、証拠は店の中にある」

「おどろいた」

一穂は、見直したように、吉田主計の頬のこけた横顔を見た――。

「あたしゃ、また吉田様も、ずいぶんとツマらねえネタを仕込むもんだと思っていましたよ。よっぽど暇なんだろうよ、とか言って、すいませんでした」

「なんだ、そんな陰口を叩いておったのか」

吉田は酢を呑んだような顔をする。

「此度《こたび》、動いているカネは二千両、三千両といった規模だ。大きいぞ。うまくお縄にできれば大手柄。だがな、この抜け荷については、どうも長谷川平蔵様の同心どもも裏で探っているらしいのだ……」

「あらまあ」

「滅多にない大事件。奉行なら誰でも手柄にしたいさ。我らがおかしらの小田切土佐守様は、この手柄を、せっかくなら松平定寅様のものにしたいとおっしゃってお る。城内のお歴々の意向もあっていろいろ複雑だ。どちらが先に手柄にするか、水面下でわれわれは競っているのだ。これが定寅様の手柄になれば、名もあがるだろうよ」

「──なるほど」

「奉行所は急いでおる。なんとしても長谷川様より先に手柄をあげるのだ」

それにしても、定寅のかわら版は売れない。

みんな、驚くほど手にしないのだ。

(バレている──。実物の松平定寅様がブ男だということが……)

一穂は内心そう思っている。

そりゃあそうだろう。

松平定寅もまた、顔を隠して生きてきたわけではないのだ。

江戸の町人の中にはわずかにでも、本物の松平定寅の顔を見たものもおろう。江戸の町方の、噂話の力と言うものを、バカにしてはならぬ。おどろくほど町人たちは、江戸城の幕閣の動きに詳しいものだ。

（であれば、かわら版だけではダメだ。やっぱり、定寅様に手柄をあげてもらわなければ――）

◇

動きがあったのは十日後だった。

同心屋敷から、下男の定吉《さだきち》が吉田の文《ふみ》を持ってきて、こう告げてきた。定吉は同心の手の者で、鋭い目つきをした敏捷《びんしょう》な少年だった。

山西屋の件、動きあり。山西屋、かわら版により醜聞が広がったことを鑑み、妾を追放。繋《つな》ぎは妾に非ず、本妻なり。

また、今宵、亥《い》の刻（午後十時）、小舟町《こぶなちょう》山西屋裏堀川河岸《がし》に抜け荷舟が帰着する情報あり。松平定寅公及び手下与力二十名出座す。浮かれ堂におかれては、出動し、安全なる場所より、捕り物一部始終を見たうえ、すぐに、かわら版を仕立てて、高札場にて配るよう命ず。尚《なお》、当書、見ればすぐ竈《かまど》にて灰に帰すべし。

市右衛門は一読すると定吉に頷き、

「吉田様に、確かに承ったとお返事くだされ」

と言うと、素早く文を火鉢の炭の上に置いた。

めらめらと炎を上げる文を見ながら、手短に一穂に説明した。

「俺は現場に行く――てめえ、どうする?」

「こんなおもしれえ話、逃すあたしじゃァないよ、おじさん」

一穂は目をきらきら輝かせて言った。


日本橋小舟町は、浮かれ堂がある佐内町からは、日本橋川《にほんばしがわ》を渡ってすぐである。繁華な大通りから一筋ずれてはいるが、江戸の中心であることには違いない。だが、さすがに夜ともなれば闇に包まれ人通りも絶える。

市右衛門と一穂は、暗い装束に身を包んで足元を固め、足音を忍ばせて楓川《もみじがわ》沿いから江戸橋《えどばし》に近づき、そっと渡った――。

月明かりに、山西屋の立派な大店《おおだな》が浮かんで見える。

しっかり戸締まりをしているようだが、家の中には明かりも見えた――。

壁沿いに、そっと山西屋に近づくと、突然肩を摑《つか》まれる。

「おい」

一穂は思わず声を出しそうになって、ぐっとこらえた。

「これ以上近づくな」

低い声は、吉田主計であった。

吉田はここに至って、黒羽織の同心衣装である。

「見えぬのか――」

吉田に促されて、目を凝らしてじっと見ると――。家々の軒下に、隠れるように奉行所の役人らしき人影が見えた。

「まだ待つのだ。われらの情報が確かであれば、楓川の筋から、抜け荷が着岸するはず。動かぬ証拠をつかんでから、一気に踏み込むのだ」

低い声で、吉田は言った。

肩を摑まれて、どきどきした胸を押さえ、大きく息をすると、一穂の目も慣れてきた。人影のない夜中の町に見えたが、思ったよりもひとがいる――。

男たちは、一様に、堀をゆく舟の櫂《かい》の音に耳を澄ませていた。

夜の堀の水は静かで、鏡のように月明かりを映している。

だが、さすがに日本橋で、夜船が時々行きかう。箱崎《はこざき》あたりの料亭の客を届ける舟だろうか。はたまた大川《おおかわ》の対岸の深川《ふかがわ》までひとを届ける舟であろうか。いずれも夜を憚り、静かに櫂の音を立てている。

「松平定寅様は――？」

声を潜めて、市右衛門が吉田に聞いた。

「一町先の商家を借りてお待ちだ。将軍拝領の陣羽織、朱塗りの陣笠《じんがさ》、周囲には美男の与力を着飾らせておる。われわれ町奉行所同心の笛の音を聞けば、一気に押し出して来られる――。貴様らは、この安全な場所におってすべてを見届け、お奉行の颯爽《さっそう》たる姿をかわら版にせよ。なにしろ、二千両の抜け荷だ。派手にやれよ」

「絵師は――」

「向こうの家の二階に、例の柳亭佐平治が筆を持って控えておる。奴は、そのお姿をすぐに絵にして、今宵のうちに、浮かれ堂に絵を届ける手筈《てはず》になっておる」

「承知でございます――万事、抜かりはねえ。一穂、わかったな」

「合点」

一穂は頷くと、じっと黙って闇を見つめた。

市右衛門は、八寸（約二四センチメートル）の小太刀を背中にさして、手元には矢立と手帳を構えている。いざとなれば刀争もするが、ぎりぎりまで筆をつかおうという態度である。

男たちを呑み込んだ闇は、そのまま、町の空気を呑み込んでいた。

そして、さらに一刻が経《た》ったとき、その闇が、ざわついた。

堀のほうから、少し大きな舟が水を、ざ、ざ、と切る音がする。

すると、山西屋の前の河岸端に動きが出た。

木戸がバン、バン、と開けられ、提灯が灯《とも》される。

屈強な男たちが、屋敷から出てくるのが見えた。

すると夜を憚って鼠色《ねずみいろ》の帆を張った荷舟が、ゆっくりと河岸に近づいていく。

舳先《へさき》に立った水夫《かこ》が、大きな縄を、河岸にいる男に投げる。

「来た——」

一穂が緊張した呟きを漏らす。

そのとき。

あたりに、派手な笛の音が、響き渡った。

ぴいいい、ぴいいいいい！

花のお江戸のド真ん中。あたりの家々の玄関に、ぽつ、ぽつ、と灯りがともるのがわかった。

「始まった！」

と一穂がふりむいて吉田主計を見ると、吉田は、

「あれ？　あれれ？」

と明らかにあせって、青い顔をしている。

「どうしたのですか？　早く行かねばならぬのではないのですか？」

見ると、路上に『火盗』と描かれた提灯が、十も十五も浮かんでいる。

「捕り物だ！」

「わあ、火盗だ」

「わあい、みんな出てこい、面白ぇぜ」

江戸っ子たちがばらばらと路上に出てきて、勝手なことを言いだした。

その様子を、市右衛門は手帳にさらさらと書き込んでいる。さすがはかわら版屋で

ある。

「ま、まずい」

「吉田様、何がまずいのですか」

「この笛、われわれ同心のものではない。別の呼子笛だ。どうしたことか」

「へ？」

「急げ、こちらも、笛をふくのだ」


　　ぴりりりりぃ。

　　　ぴりりりりぃ。


今度は慌てた感じで、カン高い笛が吹かれた。

気が付くと、舟はすっかり山西屋前の河岸に着岸している。

山西屋の正面にも灯りがつき、用心棒らしい屈強な浪人風のサムライどもがバラバラと出てきた。

すぐに火盗の提灯を掲げた役人たちと乱闘になった。

「うひょう、始まりやがった」

「すげえ、火盗の捕り物だ」

野次馬が、どんどん集まり出す。

「まずいぞ、あの火盗は違う」

「何が違うんですか」

「見ろ、全員黒の装束ではないか。松平定寅様の若衆は派手な赤ぞろえだ――」

「な、なんと」

山西屋の用心棒と、火盗の屈強な同心たちの大立ち回りが始まった。

火盗は明るい龕灯《がんどう》を用意していた――。

日本橋の広い道の中に、大立ち回りが、まるで舞台上の演舞のように浮かび上がる。

次々に集まってくる野次馬の江戸っ子たちは、堀端や橋の上に鈴なりになって、やんや、やんやの大喜びである。

見れば、捕り方側がだんだんと山西屋の手の者を圧倒していく。

時を見て――。

捕り方側から、背の高い、陣笠をかぶった屈強なサムライが進み出てきた。

顔は小さく、首が太く、胸板は厚く、遠目にも目鼻だちが整っている。

そして、周囲に響く素晴らしい音声で、こう言った。

「おのれ、山西屋。薩摩《さつま》表のけしからぬ商人どもと結託し、おそれ多くも大樹公《たいじゅ》お膝元の大江戸日本橋で、御禁制の品を扱うとは言語同断。先ほど裏河岸に着きし舟の御調べを待たずとも、その罪は明白たり——。天下の安寧を承るこの火付盗賊改メ役、長谷川平蔵、容赦せぬぞ。ものども、ひっ捕らえいッ！」

わああっ、と江戸っ子たちから歓声があがる。

「長谷川平蔵様だ！」

「鬼の平蔵！」

「格好いい！　よっ、今大岡！」

素晴らしい器量である。

龕灯の灯りの中に登場する頃合いも完ぺきだった。

まるで歌舞伎の蝦蔵《えびぞう》のようだ。

同心与力の動きも見事に統制されている。

「出遅れた——」

振り向くと背後に、松平定寅と美男軍団が、きらきらに着飾った衣装で、呆然《ぼうぜん》と立ちつくしていた。

松平定寅は、立派な陣笠の顎ひもを、しっかりと締めたまま、口をあんぐりとあけている。

吉田主計が進み出て、顔を真っ赤にして言った——。

「おかしら——。不手際、申し訳ございません！」

額には汗が浮かんでいる。

「町奉行が、出遅れました」

「ふむ」

「今宵、抜け荷が到着する内偵は、確かなモノでありました。ですが、長谷川平蔵様の一味もまた、情報をつかんでおったようで、一歩先に動かれました。まさか着岸前に呼子を吹いて、捕り物に着手するとは——。本来ならば、おかしらの手柄となるはずだったものを、すんでのところで、長谷川さまに手柄を取られてしまいました。完全にわたくしどもの手落ちでございます。面目次第もございません！」

すると、松平定寅は、毒気が抜けたように、肩を落とし、言った。

「よい、よい——」

そして、さばさばとした口調で言った。

「悔しいが——。それはそれだ。抜け荷は取り締まることができたのだ。こたびは、それで諾《よし》としよう」

「定寅様」

吉田は泣きそうな顔をあげる。

松平定寅は、ここで、じっと黙り、しばらくすると、呟くように言った。

「たった今、この目で拝見した長谷川様と、その配下の与力同心一党の皆様の進退は、さすがであった――。鬼の平蔵の異名は、伊達《だて》ではない」

「はあ」

「わしは少し、焦っていたようだ」

そう言って、自嘲気味に首をふる。

その横顔を、吉田は必死で見上げていた。

横には加納もおり、口をへの字にまげて、熱をもって定寅の横顔を見ている。

「加納――」

「は」

「わしは、加役となって、実績が欲しいと焦っておった。火盗として、一刻も早く先役である長谷川殿を超える手柄をあげねば、腹を切らねばならぬと思いこみ、夜も眠れぬ毎日を過ごしていた――」

「はい」

「だから、貴様ら組下どもが、町奉行と組んで手柄を作ってくれると申し出てくれたときに、それはいいと飛びついてしまった。また、わしの顔を格好よく描いたかわら版を出しましょうと進言されたときにも、つい調子に乗って、そりゃいいわい、と答えてしまった。だが、今となれば、少し横着であった。自制すべきであったな——。今の、長谷川殿の捕り物の手際を見て、一足飛びにあそこまで行くのは、無理だと思うに至ったわ」

　率直なもの言いであった。

「よく考えれば、わしは、わし。ずっと泥臭くやってきた。筆頭剣士になるまで、毎日修業してコツコツと努力してきたものよ。それがいきなり、格好をつけて、あの芝居役者のごとく垢《あか》ぬけた立ち振る舞いをして人気取りに走ったのが、そもそもの間違いであった。無理筋であったのよ。罰《ばち》があたったのだ」

　そして、遠くを見つめるような目で、言う。

「——やっぱり、長谷川平蔵は、格好いいのお」

　そして、背後に控える、加納をはじめ、色男の与力どもを振り返り、あたりに響き渡る大声で言った。

「皆の者、今宵はご苦労であった。山西屋の非道は長谷川殿の手によって正された。こたび、これを、わが方の手柄とできなかったのは、全て拙者の不徳の致すところ。すべて拙者が責任である。皆の者は、よくやってくれた。出直すぞ」

「はっ！」

「徳川のサムライとして、一から修業のしなおしじゃ！」

「ははっ！」

男どもは、声をそろえて頭を下げる。

松平定寅は、しっかりと部下たちを統制できているように見えた。ブ男とは言っても、精鋭の先手組で筆頭剣士まで上り詰めた男だ。男どもの尊敬を集めるだけの実績があるサムライなのだ。

そして、長谷川の進退を見ての潔い態度も、爽やかなものであった。

ポッと出のサムライでは、こうはいくまい。

火盗加役の与力一党は、それぞれ隊列を組み、番町《ばんちょう》の方角に帰隊を開始した。

それを見送るようにして定寅は、立ち尽くす町方の市右衛門と一穂をふりかえり、いたずらっぽく、小声で言った。

「それにしても――。百年前の名奉行、大岡越前《えちぜん》様は今では芝居の演目になり、役者が演じて大人気。それを思うと、今大岡と言われるあの長谷川平蔵殿も、百年後、二百年後には、戯作や草紙となって、役者が演じるようになるのだろうかの」

「いいではありませんか」

　市右衛門が言った。

「百年後のことなんざァ、知ったこっちゃございませんよ。人様の評判なんざァ、いい加減なモンでございます。誠実な奴が悪者と言われ、いい加減なやつが人気者になる。この世じゃァ、よくあることでござんす」

「ふむ」

「お奉行、この世は、表に出ている連中だけが動かしている場所じゃァ、ございませんぜ」

「そうだな」

「手前ごとき町方の貧乏かわら版屋が言うのもおこがましいが、上から下まで、女子供にきゃあきゃあ言われる奴なんざぁ、どいつもこいつも眉唾モンでございます。せいぜい男は黙ってやるべきことをやるだけ。天下は無名のまっとうに生きてる奴らが支えてるもんで、表に見えている奴らなんざあ、はりぼてでございます」

「ふむ、まっとうかあ——。実は、それが一番難しいのう」

定寅は砕けた笑顔を浮かべる。

市右衛門は続ける。

「男の価値は、顔じゃねえ」

「――」

「ひとにどう思われたかでも、褒められたかどうかでもねえ」

「――」

「せいぜい、てめえの中のお天道様に恥ずかしくねえように、やるべきことをやって、死ぬだけ。神様とやらがいるてえなら、見ていてくれますでしょうよ――」

「ふむ」

松平定寅は、満足そうに頷いた。

「そうだな。男の価値は、顔じゃァない」

「そうかなァ？」

それを、横で聞いていた一穂は、あきれたように言った。

「おじさんとお奉行様が、こんな路端で揃ってそんなことを言っていても、いまいち、ハイそうですかとは思えないなあ。同じことを長谷川平蔵様が言えば、そういうものかなと思うんだろうけどさ」

「はっはっは。お前のごとき若い娘が、男の本当を知るには、修業が足りぬわ」

男たちは快活に笑った。

しかし、一穂から見れば、どうみても負け惜しみだった。

ぱっとしない男同士が、同病相哀れんでいるようにしか見えない。

でも、まあ、いい。

三日後に出すかわら版には、柳亭佐平治が届けてくれる松平定寅の颯爽とした絵図と、果敢に現場に出動した色男軍団の提灯記事が載ることになろう。

多少の脚色は愛嬌のうちだ。

せいぜい、松平定寅様を、とびきり格好良く描いてやる。

(しかたない――これも浮世の義理だぜ)

そう思って、大きく息を吸い、もう一度小さな声で、誰にも聞かれぬように、一穂は聞く。

「でも、おかしら様――」

「なんだ?」

「本当は、長谷川平蔵様が、お好きなのではないですか?」

松平定寅は、びっくりしたように目を瞠《みひら》き、

「なぜわかった?」

　と声を潜めて言った。

「やっぱり」

「むむむ」

「そりゃァ、そうですよ。万事スキのない長谷川様の捕り物の、一糸乱れぬ進退を見て、うっとりとしていたじゃァありませんか」

「そうか」

「それに、なんですか。長谷川平蔵様の差料が粟田口国綱だとか、煙管は延べ銀だとか、やたらと詳しかった――。あなた様自身が国綱を使っていらっしゃるわけで。誰でも、アレ?　って思いますよ」

「バレていたかぁ。実は、昔、憧れておったのだよ」

「やっぱり」

「若い頃、着物や持ち物も、ちょっとした仕草も、長谷川様をそっくりに真似て、悦に入っていた時期もあるのじゃ。やっぱり、いい男はいいのう。なんといっても、格好がいいからな」

「まあ!」

「だが、これは、みんなには内緒だぞ――男には立場と言うものがある」

「男ってなあ、面倒なものですね」

「ふふ――。それが、楽しいのさ」

一穂の花嫁修業

一穂は、町の会所まで行って、夏の祭りについて町会の連中とさんざんに話し合ったあと、興奮気味に浮かれ長屋まで帰ってきた。

江戸の町方の祭礼は、神田明神《かんだみようじん》と日枝山王神社《ひえさんのうじんじや》が交代で行う。

去年は明神様の祭りだったから、今年は、山王様の番である。

佐内町は慣例にしたがって二十七番山車《だし》（浦島太郎《うらしまたろう》）を出して、江戸じゅうの巡路を練り歩く。

「他の町に勝つにゃァ、男衆だけじゃァ色気がないよ――。若い娘の手古舞《てこまい》を出して華やかにやるんだ」

一穂は言った。

「何を言ってやがるンでえ。佐内町にゃァ、色町も料亭もねえぜ。商家と長屋ばっかりだ。いってえ、どこから綺麗処《きれいドコ》を揃えるってンだ」

「色町がなくても、元気な町娘がいるだろうが。目の前の美人が目に入《へえ》らねえか」

一穂は小柄な胸を張って言い張ったが、場は荒れた。

町の古老たちは口々に言った。

「一穂が着飾って、手古舞をやるってのか？　冗談じゃァねえぜ」

「おめえにゃァ、舞いより木遣《きや》りのほうが、よっぽど似合うぜ」

「色気がねえから、男にまじってもわかりゃァしねえ――」

さんざんやっつけられて、

「なんだと、この野郎！」

と最後は取っ組み合いにまでなって、憤然と帰ってきたのだ。

男どもめ。

勝手なことを言いやがって。

自分たちばっかり、祭礼で盛り上がって山車を曳《ひ》き、酒を昼間から呑んで、楽しい思いをしようとしてやがる。とことんフザけた奴らだ。

ふと顔をあげると向こうから、懐手《ふところで》をした厳しい顔つきの市右衛門が歩いてくる。

　一穂は、市右衛門に駈け寄って、

「あ、おじさん。聞いておくれよ、まったく失礼しちゃうぜ、ちくしょう」

と、早口でまくし立てた。

　それを聞いた市右衛門は、不機嫌そうな顔をあげて、舌打ちをする。

　なんだか様子がおかしい。

　確か今朝、市右衛門は、のっ、ぴきならねぇ筋からの呼び出しで出かけにゃァならねえから、一穂、てめえは俺の代わりに町会へ行ってこい――、そんなふうに言っていたのだ。

　のっぴきならねえ筋とはなんだろうか。

　市右衛門は一穂の顔を、上目遣いに見ると、

「一穂、てめえ、いくつになる？」

と聞いた。

「なによ、いきなり。あたしの歳《とし》を忘れたってえのかい？　十七さ、ボケるには早いよ」

「ふむ。いい歳だな……」

　市右衛門が頷く。

「てめえ、明日、市谷《いちがや》に行きな」

「市谷？」

一穂の顔色が変わった。

「嫌だよ――。なんで市谷に行かなくちゃァ、ならねえんだよ」

「うるせえ、黙って行ってこい。てめえの実家じゃァねえか」

「家とも思ってねえよ」

「うるせえ、おいらが指図《さしず》だ――顔を出してこい」

市谷というのは、市右衛門と一穂の実家がある、勝谷正岑《かつやまさみね》邸のことである。

そもそも市右衛門は元が武家の出身で、若い頃には小太刀の修行をしていた。今でも相当な腕前である。

だが、自身が脇腹の四男であり肩身が狭かったうえに、生来憎体で乱暴な性分が祟《たた》って、大人たちに嫌われた。

複雑な武家の人間関係にも耐えられず、十代になるころにはすっかりグレてしまい、さんざん無頼を働いた結果、父の武座衛門正孝《ぶざえもんまさたか》に勘当されたのである。

市右衛門自身も、渡りに船とこの処置を喜び、もうサムライに戻る気もなく町方で気楽に暮らして今に至っている。

市右衛門は、旗本の家の複雑怪奇な人間関係が、反吐《へど》が出るほど嫌いなのである。権威ぶって下人や用人に冷たいところも大っ嫌いだった。

「昔のことさ」

市右衛門に聞けば、唾のひとつも吐くぐらいで、何も教えてくれぬ。

自らの出自を、周囲に言うこともない。

家のほうは、父の後を継いだ篤実な長兄が、しっかりとお役目を全うして先手弓組頭に出世し、知行の他に役高千五百石を取るに至っている。

華やかな立場にある兄と、それに尽くす親族が一枚岩にまとまるなかで、厄介者の市右衛門は、家ではなかったものとされていたが、ここへきて、家からつなぎがあったのである。

なんでも、嫡男の嫁というひとが、大番役の家から嫁いだしっかり者で、脇腹の兄弟が多く複雑な血筋である一族のそれぞれをしっかりと調べ、全員の現状をまとめ上げた。

多くは兄の支配下にあるか、もしくは自立を果たしており、問題はなかったが、市右衛門の腹違いの亡弟の、これまた脇腹の娘の現在が問題になった。

すなわち、一穂である。

「聞けば市右衛門殿は、亡きお祖父様《じい》が正式に勘当されたということですし、ご本人も、好んで今の暮らしをされているということ。それは仕方がありません。ですが、この娘御は、腹が卑しい、保護者《うしろだて》がない、というだけで、亡きお祖母様《ばあ》や親戚筋に邪険に扱われ、まだ七歳という、身も心も固まらぬうちに、市右衛門殿に引き取られたというではありませんか。ご自身の気持ちもまだわからぬ年頃だったことを考えると、あまりに不憫《ふびん》です。この子の行く末は、本家のほうで面倒を見るべきです」

嫡男の嫁は、そう兄に迫ったのだという。

一度、この一穂という娘と面通しをさせるべし。

十七という年ごろであれば、まだ間に合う。

きちっと、躾《しつけ》をし直して、お家に役立つところに縁付ける。

無頼に育てられ、世間を知らぬままに大人になるのは、この娘の明日のためによくない——そう判断したらしい。

それを聞いて、市右衛門は、

「何を勝手な——」

と腹を立てたが、本家のものどもに寄ってたかって説得されるにあたり、ようやく、一度、一穂を屋敷に挨拶に向かわせて、いくばくかの躾をすることだけは了承した。

そのかわり、本人が嫌だと言ったらすぐに戻してくれ、と、市右衛門は念を押した。

だが、そもそもが口下手で頭の悪い市右衛門だ。

そんな経緯《いきさつ》をいちいち丁寧に説明するほど気長な性分でもない。

ただ、一穂に、

「仕方ねえだろう、浮世の義理だ――。明日、午の九つ（午後零時）に行け」

と不機嫌そうに言っただけだった。

「気に食わなけりゃァ、帰ってくればいいんだ」

どうせ、一穂の性分である。

屋敷でひと暴れして戻ってくるのがオチであろう。

◇

市右衛門にあれだけ強く言われれば仕方ない。

翌日一穂は、こぢんまりとした町娘らしい格子の着物を着て、おい、おとらに頼んで頭もさっぱりと島田にまとめ、市谷の勝谷屋敷を訪ねた。

佐門坂《さもんざか》を登ったところ、加賀町《かがちょう》二丁目にある五百坪はあろうかという立派な屋敷である。

玄関から奥に通され、長い廊下を歩いた先の、客間らしきところでしばらく待たされる。

すると、落ち着いた着物に丸髷《まるまげ》の、三十がらみの美しい妻女が出てきて、

「当家嫡男、佐左エ門正芳《さざえもんまさよし》の内室《しつ》にて、秋緒《あきを》と申します——」

と名乗った。

そして、顔をまじまじと見て、いきなり涙ぐんだ。

なんだ、なんだ、なんでいきなり、この人は涙ぐむんだ、と一穂が訝《いぶか》っていると、
秋緒は、

「一穂さん——、ご苦労なさいましたね」

と袖で目元を押さえる。

「へ？　苦労？」

「なんでも、三坪そこそこの狭い長屋に棲《す》み、近所の雑多な湯屋《ゆや》に通い、土用になってもろくにウナギも食せぬ暮らしをなさっていると聞きました」

「え？　それって普通だけど……」

戸惑う一穂に、秋緒は、

「しかし、もう心配いりません。あなたを邪険にしたお祖母様は亡くなりました。あなた様を産んだ下女もとうに亡くなったと聞きました。これからはあたしを母とお思いになって、大船に乗った気持ちでいることです」

「ちょ、ちょっと待ってください」

一穂は慌てて言う。

姉ぐらいの歳の奥さんが出てきて、いきなり母だと言われても——、到底受け入れられるものではない。

一穂は、胸を張って、憤然と言った。

「あのね、おばさん。あたしゃァね、確かにこの家に縁があるってこたァ、存じ上げてますよ。ですがね、今じゃあ、日本橋佐内町は浮かれ長屋のしがねえ娘でござんす。町方にゃァ、友達もいっぱいいましてね、ともかく楽しくやってるンです。それで充分なんでございますがねぇ——」

「まあ！」

秋緒は驚いた顔をする。

「なんという口の利き方。可愛らしい顔立ちをしているのに、なんということ……ご苦労なさったのね——」

「だから、あのね、おばさん」

「おばさんとは何ですか。若奥様とお呼びなさい」

「んじゃ、若奥様――、あたしゃね、次の山王様の祭礼の巡幸に出なけりゃならないのよ。佐内町で年ごろの美人といったら、あたしっきゃいないんだから」

「まあ、美人とおっしゃる――。万事雑多な町方で揉まれて、すっかりおかしくなってしまったのね」

「し、失礼な」

一穂は鼻白んだ。

「ともかく、あなた様が当主正岑の姪《めい》であることは、間違いないのです」

「死んだジイさんが手を付けた女の息子の、今のお殿様の腹違いの弟が、下女に産ませた娘ってわけだろ。こちとら、もう十年も浮かれ堂に棲んでいるンだ。ずいぶんと、つながりは薄い気がするんだけどね」

「それでも、わが勝谷家の縁者であることは違いありません」

「あたしゃ、縁者だとも思ってないけどね」

「ともかく、あなた様のことは、われわれにも責任があります。今日からしっかり励みなさいませ」

「へ？」

「大身の旗本の娘にふさわしいふるまいを身に着けていただきます」

「なんだと！　聞いてないぞ」

「決まったことです」

「市右衛門おじさんは何て言っている？」

「知っています」

「ふ、ふざけるな、騙しやがったな、おじさんめ！」

思わず一穂は立ち上がった。

「そんなこと、聞いてねえぞ。大人どもめ。どいつもこいつも、あたしの知らないところで訳のわからねえ談合をしやがって。あたしゃァ、あんたに顔通しをして挨拶するだけと聞いているんだ。帰る！　帰るぞ！」

「お待ちなさい」

秋緒がぱんぱんと手を叩くと、屈強な男どもが襖《ふすま》をあけて入ってきて、一穂を押さえつけた。

「は、放せぇ」

「若奥様の命令です。放しませぬ」

一穂が無理やり連れていかれたのは、六畳はあろうかという広い内風呂だった。総檜《そうひのき》づくりで、すがすがしい香りがする。

お湯にも、柚子《ゆず》を差し入れたものか、爽やかな湯気に満たされているではないか。

一穂はこの風呂に、どぼーんと放りこまれ、群がる女中たちによってたかって体を洗われた。

「まあ――。なんと垢がたくさん出るのでしょう」

「ほっとけ！」

「よほどに不潔なところにいたのに違いありません」

「う、うるさい」

体のすみずみまで、キレイさっぱり洗われた一穂は、部屋に戻ると、これまたしっかりとした大島紬《おおしまつむぎ》の武家娘らしい着物に着替えさせられ、柘植《つげ》の櫛《くし》で髪もすっかり整えられた。

こうして風呂と着替えで疲れ果て、すっかり毒気を抜かれた一穂がへばって座っていると、からりと襖をあけて、二十代とおぼしき年上の若侍があらわれた。

「もし、もし――」

「へ？」

見れば、髪型は武家髷で、きっちりと月代《さかやき》を剃《そ》ったうえに、小袖に袴《はかま》をつけており、一目でそれなりのサムライであることがわかる。

「ご災難ですな、一穂殿」

若侍は、周囲を憚ったうえで座ると、一穂に笑いかけた。

一穂は、よろよろと、顔をあげて、若侍の顔をまじまじと見た。

そして、驚いた。

（か、格好いい！）

思いっきり一穂の好みの顔であった。あの内藤平馬《ないとうへいま》などよりよほどいい。黒々と大きな目が清潔で、眉は太く鼻筋がしっかりと通っている。頬骨は低いが、軟弱と言うわけでもなく充分に男らしい。形の良い唇の両側の頬が、すこし削《そ》げている。

「あ、あなた様は誰？」

「これは、失礼申した。拙者、勝谷慎之助《しんのすけ》と申す。当家嫡男佐左エ門正芳の従弟《いとこ》で見立て養子になりますので、ええと」

と、慎之助は天井をみつめてしばし考え、

「一応、一穂殿の従兄《いとこ》――いや、今は従兄の息子になるのですかな。ずいぶんと遠縁でつながりも薄い。でも、まぁ、また従兄のようなものってことで」

と言った。

「は、はあ」

「一穂殿には迷惑をかけ申す。秋緒の義母《はは》が何かまた思いこみで突っ走っているように思えたので、隙を見て、謝りに来た」

「なんですと？」

「拙者の従兄であり、当主の嫡男である佐左エ門正芳には、子がおらぬ。子ができるまで、拙者が見立て養子（仮の嫡男）ということになっておりましてな――。なんとも、面倒くさいことになっているなあと思っている次第」

「む、むずかしくて、よくわからないのだけど」

一穂は、眉を困ったようにさげて言った。

その顔を見て、慎之助は、破顔する。

「はっはっはっは！　これはこれは、さすが一穂殿。想像していたとおり、愉快なかたですな。浮かれ堂の一穂といえば、日本橋界隈《かいわい》では知らぬものもない人気者と聞きましたぞ」

魅力的な笑顔だった。

ああ、笑顔もいい、と一穂は思った。

まったく一穂は美男に弱い。

「では、嚙み砕いて言いましょう。つまり、秋緒の義母は、一穂殿を、拙者の嫁にできまいかと目論《もくろ》んでおるのです」

「え！」

「つまり、あなた様を引き取り、武家の娘としての教育をちゃんとやりなおして、嫁にしようと――」

「なんで？」

慎之助は顎をなでながら、にこにこと説明した。

「義母はね、ああ見えて、なかなか周旋家なのですよ。この家の嫁に収まって、お祖母様が死ぬと、さっそく奥方の改革に着手した。大父はもう、半分隠居して、家のお役目を義父《ちち》に譲っているような状態。急がねばなりません。まずは子供が必要ですが、これが、なかなか生まれない。そこで親族の中から一番武芸の達者であった拙者を見立て養子にして、子供ができるまでのつなぎとしたが、今度は嫁が見つからない。今までの旗本や大藩の留守居の娘など、貴顕の娘をずいぶんとあたっていたのです。だが、なかなか秋緒の義母の目にかなう娘はいない。で、あれば、いっそ、変な紐《ひも》がついておらぬ遠縁の娘を、自分好みに仕込んで、拙者の嫁とすればよいのではないかと考えたというわけ——。義母は、ともかくてきぱきと事を進めねば気が済まぬ性分なのだ」

「————」

「こんな話はね、一穂殿。あなたにとっては迷惑だと思う。あきれたものだ、と拙者は見ていたのです」

慎之助はそう言って、白い歯をきらりと光らせ、魅力的に笑った。

「何度も、それは無理筋ですと義母には言ったのですがね。とうとう、とっくに縁を切ったはずの浮かれ堂の市右衛門殿を呼び出して、無理矢理にあなたさまを、この屋敷にお召しになったという訳——拙者は反対です。あなたにも迷惑に違いない。でも、見たところ、その調子では大丈夫そうですね」

「なにが?」

「一穂殿のその勢いであれば、もう、すぐに秋緒の義母も諦めるでしょう。拙者からも改めて言っておきます」

「ちょっと待ってください。なんと言われるおつもりですか?」

「そりゃぁ——。一穂殿は、万事気ままな町娘の御育ちです。堅苦しい武家の勤めなど、無理でございましょう。一穂殿の御為にも、ご無体はなされまするな、と、こう申します」

「ちょっと待ってください――」

一穂は言った。

「慎之助様は、町娘はお嫌いですか？」

「ははは、大好きです。拙者は普段、牛込《うしごめ》の前田喜兵衛《まえだきへえ》先生の剣術道場に通っておりましてな。その道場には町方のものも通っており、近所の娘たちも手伝いにまいっておる。実に気の置けないところです。普段は、そちらで知り合った仲間たちと気楽にやっているわけで――。いろいろと難しく、何かと重い紐のついている武家の娘よりも、町娘のほうがよほどいい。一穂殿、あなたのような、カワイイ町娘に、なんの含みもござらん。拙者がこの話をお断りするのは、あなたに魅力がないわけではない。あなたにご迷惑だろう、との一心です」

「カワイイ――」

一穂は、一瞬、その言葉にピクリと反応し、足りない頭で考えた。

（こ、こんないい男、この江戸にゃぁ、滅多にいない――）

顔がいい。

声がいい。

体がいいし、気風もいい――。

(こ、これは逃してはならぬ!)

考えここに至ると一穂は、ハタ、と顔を上げ、言った。

「お待ちください、慎之助様――」

目が爛々《らんらん》と輝いている。

「こちとら江戸っ娘――。あんな偉そうな武家の若おかみなんざに、バカにされたんじゃァ、癪《シャク》にございます」

「なんですと?」

「下町で乱暴に育てられたから、なんにもできねえだと? 町の暮らしをナメてもらっちゃ困ります。こちとら佐内町のお年寄りたちに、礼儀から気風から、何からなにまで、ヒトとして大事なこたァ、叩き込まれて育ったンだ。浮かれ堂の一穂といやあ、日本橋は元より、神田から下谷まで、知らねえものはいねえってほどのモンでございます。その一穂さまが、実家に呼び出され、外から来た嫁にさんざんにバカにされて叩き出されたとあっちゃあ、名折れでござんす」

「お、おお――」

「こうなりゃ、やってやろうじゃァ、ありませんか」

◇

翌日から、一穂の花嫁修業が始まった。

箸の上げ下げから廊下の歩き方。

口の利き方から着物の帯の結び方。

お茶の淹《い》れかた、花の生け方――やったこともない！

それでも持ち前の根性で、叱られてもビクともしない。

「てやんでえ、花なんざ、せいぜい剣山にブッ刺せばいいんだろう！」

「こ、こら。何をするんですか。もっと丁寧に、お客さまをもてなす心にて」

「もてなすもくそもあるもんか、花で腹が膨れるか」

意気揚々と、屋敷を闊歩《かっぽ》する。

五日も経つと、身の回りを世話してくれる下女の娘たちともすっかり仲良くなり、打ち解けてきた。

慣れてしまえば、布団もきれいだし、食べ物も良い。

膳に並べられた魚の塩焼きを目にして、

「こりゃたまらんわい——悪くねえ」

と舌を鳴らして呟くと、

「一穂さまは、鱸《すずき》が好きでございますか」

と給仕をしていた下女のおいとが言った。

「いや、特別好きってわけじゃないよ。ただ長屋じゃァ、滅多に魚なんざは食えないからね。長屋で食える海のモンと言えば、せいぜい浅蜊《あさり》にバカ貝。鰯《いわし》や鯵《あじ》でも、食えて干したやつの半ぺら。鯛なんか、骨か、良くてあらぐらいなモンだ。鱸をまるごと一尾手に入れたら大騒ぎだ」

「あ、わかります。あたしも、本所の長屋の出ですから」

「ほう。そりゃいいな。どんな伝手《つて》で武家なんざの奉公に出たンだい？　商家に行ったほうが給金がよかろうに」

「浅草の伯父の伝手でございまして。武家でお勤めすると、お行儀を学べますから」

「はっはっは。どうりで、あたしよりゃ、おしとやかだな！」

ふたりはげらげらと笑った。

ひとしきり笑って、からりと障子を開ける——。

すると、庭の奥の飛び石の上に、この屋敷に似合わない汚れたサムライが立っていた。

「あれ？」

一穂がおもわず口をあけると、舌なめずりをするような顔つきをして去って行く
——。

「なに、あれ？」

一穂は、首を傾《かし》げた。

その汚れたサムライは、どうやらこの屋敷のサムライではなかった。

なんとなく心にひっかかる感じだった。

そして、その半刻（一時間）後——。

一穂が、厠《かわや》へ行こうと廊下を歩いているとき、ふと、遠くに男の声を聞いた。汚れた野卑な声だ。なんとなく、あの庭に立っていたサムライの声のような気がした。

「——？」

おもわず一穂は、立ち止まる。

すると、声が近づいてきた。

一穂は慌てて、物置らしい納戸を開けて、そこに飛び込んだ。

直後に声の主たちがふたり、後ろから廊下を歩いてきて一穂の隠れている部屋を追

い越し、隣の書院に入った。

男のひとりは確かに、さきほど庭の隅から一穂の居室を見つめていたサムライらしかった。

そして、もうひとりはなんと、慎之助だった。

「慎之助——。お前の許嫁《いいなずけ》だという女を見たぜ」

男は言った。

慎之助は苦しげに答える。

「許嫁ではない。何も決まってなどおらぬ」

「ずいぶん、変わった女じゃァねえか。下女たちとゲラゲラ笑っていやがったぜ。確かに武家のたしなみはなさそうだな。しかし——」

とその男は、声を潜め、

「思ったよりも頑張っていると聞く」

と言った。

「乱暴だが、万事明るくて根性があるってんで、若奥さんが気に入っているって話だ」

「ああ」

「わかっているのか」

「わかっているさ」

「いいか慎之助。このまま若奥さんの思惑通りに、あの長屋育ちの娘と結婚するようなことになれば、貴様は将来、身動きがとれなくなるんだぜ。武芸に明るいが血筋に恵まれねえあんたは、手練手管を尽くして、まんまと本家の見立て養子になった。だが、あくまで『見立て』だ。一時しのぎのことさ。若殿と、若奥さんの間に子供でもできればすぐにお払い箱なんだぞ」

「――ああ」

「いいか。以前から言っていただろう。見立て養子になっているうちに、若殿を亡きものにして正式の嫡男になっちまえ。お前も、その気だったはずじゃないか。そして、将来にわたってお前の後ろ盾になってくれる、すじの良い娘と結婚しろ。若奥さんの息がかかっていて、そのうえ財布もすっからかんの得体の知れねえ町方の娘なんぞと結婚してみろ。お前の自由にできるカネなんざ、いつまでたっても出来やしない」

「う」

「心配するな。誰にもわからぬようにできるさ。うまくすれば、お前は、千五百石の旗本だ――。そのときは、俺もお前の推挙で講武所に出仕する。さすれば前田道場は安泰さ」

「………」

慎之助は、迷いがあるのか、万事言葉が少なく、唸《うな》るだけだ。

もう一人の男のほうが、はっきりしていた。

「貴様がもたもたしているから、あんなわけのわからない下町の娘が来ることになったんだぜ。いいかげん、決断してもらおうか」

暗闇でそれを盗み聞きしながら、一穂は、

(——うーん、難しい言葉ばっかりで、よくわからないなあ。だけど、どうやらこれが、市右衛門おじさんがいつも言っている面倒くさい『武家のいろいろ』かあ。困ったモンだ)

と思った。

ともかく言葉の端々が穏やかではない。

武家の婚礼なんぞ、両家の思惑が入り乱れて、ろくなもんじゃあねえって聞いてはいたが、まあ、そのとおりなんだろう。

これはやっぱり、どこかで機を見て、逃げたほうがよさそうだ。

(まあ、それはいいけど——。亡きものにする、てえのはいただけねえ。穏やかじゃ

ないよ)

などと、思案して、腕を組み、くびを捻《ひね》る。

(まったく、市右衛門おじさんも、メンドクサイことを押し付けやがって——あとで、とっちめてやるぞ)

つくづく、一穂は思った。

すると襖の向こう——闇の中から、慎之助の、

「わかった……。わかったよ。いよいよ俺も、覚悟を決めねばなるまいな」

という声が、響いてきた。

◇

一穂が厠から自室に戻ると、おいとが、

「若奥様がお呼びです」

と言った。

一穂はさっそく、身支度をして長い廊下を渡り、奥の秋緒の居室へ赴く。

すると秋緒は、文机《ふづくえ》を出し、紙や墨を取り出して、頭を抱えていた。

「一穂でございます」

　教わったとおりに三つ指をついて頭をさげて襖を開ける。

「一穂さん――。思ったよりも、ずっと頑張っているみたいですね」

「はい。まあ、これしきのことは大したことじゃァございません」

「中に入りなさい」

「はい」

　一穂は膝を進め、机の上に広がる書き損じの文らしきものを、覗き込んだ。

「なんですか、これ？」

「あなた、字は書ける？」

「失礼な――書けますよ」

　筆を渡されて、さらさらといろはを書くと、秋緒は急に感心したような顔をする。

「ずいぶん上手なのね」

「そりゃァ、まあ、かわら版屋ですからね。さんざん仕込まれてるんですよ」

「それじゃあ、手伝いなさい。わたしが言ったとおりに書くのです」

　秋緒が認《したた》めていたのは、幕閣の各所への御礼状であるようだ。

　この前はお引き立ていただきありがとうございました、とか、どこそこの宴会で、主人がお世話になりまして、とか、お土産をありがとうございます、とか、そんな他愛もない内容なのだが、量が多い。

ともかく凄い量の文なのだ。

「面倒なことですね」

「旗本の奥方となれば、重要なお仕事です。常日頃から、上役、親戚筋、贔屓筋《ひいきすじ》へのお文、付け届けを怠ってはなりません。当家は、数ある徳川家臣において先手組頭を承っておるのです。いざ戦時ともなれば、先鋒《せんぽう》を承り、将軍をお守りする大事な役割です」

「もう、戦《いくさ》なんざ、二百年も前の話なんですがね」

「そうです。ゆえに、平時はこういった上役への付け届けが大事なのです。我が家を支える千五百石の役禄は、こうしていただいておるのです」

「はあ」

それから一穂は、秋緒の指示で、何枚も文を書いていく。

秋緒は、一生懸命である。

その整った横顔を見ながら、一穂は聞いた——。

「若奥様」

「なんですか」

「若奥様は、他の旗本からお嫁入りなさった妹娘《いもうとむすめ》だそうで──。どんなお思いでこのようなことを熱心になさっておるのですか」

「どのような想いとは？」

「つまり、ご実家よりも、この家を出世させてやろうとか、姉娘様や、妹娘様の嫁入り先よりも繁盛させようとか、そんな思いがおありで？」

「なによ」

秋緒は、あきれたような顔をした。

「ずいぶん、ずけずけと、不躾《ぶしつけ》なことを聞くものね」

しかし、その顔は笑顔で、別に怒っているふうでもない。

「すみませんねえ。こちとら、日本橋佐内町のかわら版屋の娘でござんすよ。人様の噂話やら、金持ちや武家の、ひとに知られたくない恥ずかしい話やらを騒ぎ立ててメシを食ってるてえ、下衆でござんす。五日ぐらいの修業じゃ直らねえってわけで、勘弁してほしいモンですね」

「ふふふ──。面白い子ね。やっぱり、あなたに来てもらってよかったわ」

秋緒は、肩から力が抜けたような表情をして、遠くを見るようにして言った。

「そうねえ。世の中にはそういう考えの人もいるでしょうね、でも」

「でも？」

「あたしはね、ただ、旦那様が好きなだけよ」

「え」

　秋緒は、ほろり、と爽やかに笑った。

「わたしたち夫婦には子供がない。わたしはね、旦那様に御妾《おめかけ》を持つように何度も進言《いい》ました。武家にとって子がないのは危険ですからね。しかし、旦那様は承知しません。おまえは自分が他に女を作ることを良しとするのか、そうおっしゃいます。もちろん嬉《うれ》しくはありませんが、子供を作るためには仕方がないじゃないですか、というと、旦那様は笑ってこうおっしゃいました。子供のいない夫婦の豊かで幸せな人生《いきかん》はいくらでもあるのだ。それに挑むのは男子としてやりがいのある仕事であると――」

「まあ」

「そのとき、わたしは、改めてこの人と夫婦《めおと》になってよかったと思ったのです。ですからわたしは、なんとしても、旦那様のお役に立ちたい。お家のことは全てお任せいただき、子供を作る以外のもうひとつの大事なお役目、すなわち城内御弓組のお仕事を全うしてほしい。そのための内助は惜しまないのです。夫が、父上の代理にて、お城にお勤めにあがったときに何一つ落ち度がないように、恥ずかしく思うようなことがないようにする。これがあたしにとっての生きがい」

「――――」

「一穂さん、あたしは、楽しいのです。男は、仕事よ。仕事をしている夫は、本当に素敵。それにお役に立って、ふたりで子供のいない人生を豊かなものにしていくのが嬉しくて仕方がないのです」

秋緒は、嬉しそうに笑った。

「大好きな夫と、それを全うする。家を守って、仕事を守る。だから、子供がいなくてもあたしは幸せ。毎日張り切って家のことを切り盛りするのが楽しいの」

その表情を、一穂は驚いて見た。

こういう顔をする女性を、一穂が見たことがない。

「いいですか。わたしがやっていることは、夫の仕事の半分です。伴侶、とはそういう意味なのです――」

「伴侶」

「だから、あたしのやることに、親類の誰かを出し抜いてやろうとか、亡くなられたお祖母様の意趣返しをするとか、実家がどういうかとか、姉や妹がどうだとか——世間に言われるあれこれは、関係ないのです。あたしは、あたしの目の前にある大小の責任を、背負っているだけ——。えいや、どっこいしょ、とね」

「ふふふ」

「一穂さん。あなたの、その根性と元気はいいですね。一穂さん、武家として最低限のことは覚えてもらわねばなりませんが、あなたはあなたのままでいい。あたしはそう思いますよ。家に戻ってもらってよかったわ。他の武家娘とは大違いよ」

「——若奥様、ありがとうございます」

　ふたりはそう言って、しんみりと下を向いた。

　沈黙を破ったのは秋緒だった。

「ところで——。慎之助とは会ったわね」

「はい」

「いい青年《ひと》でしょう。親戚筋では一番の若者ね。武家の育ちで駆け引きができない甘いところはあるけれど、熱心に剣術の道場に通っているし、頭も悪くない。それよりなにより、顔がいいし、気分のいい人よ。一穂さん、どうお思い？」

「はあ。——どうって」

「あなたのような年ごろの娘なら、素敵だと思わないの？」

「そうですね」

一穂は、そういって黙り込んだ。

秋緒は、まるっきり慎之助のことを疑っていない。

あの爽やかな外見と口吻《くちぶり》に、すっかり騙されているのだ。

その慎之助が、旦那様を亡き者にしようと相談していた——それをここで言ったらどうなるだろう。告げてしまうべきだろうか。

だが一穂は、不用意にそのことをここでは口に出さなかった。

一穂もかわら版屋として、そこそこ世間の裏を見てきた身である。

それにここは、自分の実家でもある。

昔、市右衛門おじさんと、幼かった一穂が邪険に扱われ、権力争いのあれこれから追い出されてしまった恨みのある家。

知ったことか、とケツをまくることも簡単だが、義を見てせざるは勇なきなりという言葉もある。

どうしたもんかな——。

一穂は、ふむ、と考えながら、唇に手をあてた。

（なんか難しそうだな。ヘンな動きをしないほうがよさそうだ……）

そんなふうに思って、独りうなずく。

すると、それを見た秋緒が、慌てたように叱った。

「一穂さん、気を付けて」

「あ、ありりゃりゃ」

手についていた墨が、べったりと口の周りにくっついてしまっていたのだ。

◇

翌朝。

一穂は、おいとを呼び出し、

「誰にも内緒で、お使いをしてくれるかい？」

と文を渡した。

「はい、どこまで」

「八丁堀にね、奉行所同心の組屋敷があるの。組屋敷といっても、要はサムライの『長屋』だけどね」

「そこに、吉田主計勝重様という、ちょっと頼りない同心様がいます」

「頼りない？」

「おっと、いけねえ。こりゃ失言。忘れて頂戴――。ともかく、このひとに会って、この文を渡してほしいの。繰り返すけど、屋敷の誰にもばれないようにね」

「わかりました。お返事は？」

「もらって来ておくれ」

「わかりました」

おいとは、よほど気が回る娘なのか、わざとゆっくりと、いつもの買い物に行くような風情で、下駄を鳴らして裏から屋敷を出て行った。

そして、二刻（約四時間）経った頃、おいとが市谷まで帰ってきた。

吉田主計は、文で、

「事情、承り候――」

と言ってきた。

そして、相手は武家であり、屋敷内は町奉行の治外法権に当たる故に、すぐに踏み込むことはできない。だが、なるべく早く定吉を差し向ける。また、日本橋青物町《あおものちょう》を縄張りとする岡っ引きの卯之吉《うのきち》一味と連絡をとり、勝谷正芳様の外出時、登城時を密《ひそ》かに見守ることにする、とも。

「六月の山王様の祭りまでには日本橋に帰りたし」

と一穂が文に書いたことについては、

「事情が事情だけに、わからない」

とし、

「貴殿の性向を鑑みるに、無茶をして場を混乱させることが必定であろう。ともかく自重して、無茶はしないように。こちらもすぐに、上長の水野左衛門様に諮《はか》り、何かできることがないかを考える。ゆえに、御身大事に、わかったな！」

と強く言ってきた。

御身大事に、のところには、脇に大きく◎が、わざわざ朱筆で描かれてある。よほどに心配なのだろう。

それを見て、一穂は、ぷっと頬を膨らまして、

「失礼しちゃう――。あたしをなんだと思ってるンだ、舐《な》めおって」

と呟いた。

ちなみに定吉というのは、組屋敷で下男として働いており、ときどき浮かれ長屋に

文を届けたりする少年だ。

それなりに修行したサムライであり、隠密《おんみつ》のようなこともすることがあるという。

要は、一穂と同じように、同心の手足になっているものであり、少し得体が知れない。

だが、ともかくも、吉田ができうる手配をしてくれたのは、明らかであるようだった。

そして。

そんなことがあってから、三日後――。

その時はすぐにやってきた。

ある昼下がりの屋敷に、下男が駆け込んできて、父の代理で登城中の勝谷正芳が襲われたと告げてきたのである。

その一報を聞いた秋緒は、

「なにッ！」

と、玄関に仁王立ちとなった。

「旦那様はご無事かッ」

「ご無事にございます！」

なんでも、勝谷正芳自らと、草履取りとしてついていた下男が小刀などをもって対抗。時間を稼ぐうちに、どこからともなくあらわれた町方の若い衆が、賊に向かって石を投げてくれた。

（――卯之吉一味だ）

一穂は思った。

青物町の卯之吉とその手下たちは、ドスや脇差も使うが、何よりも石を投げるのが得意であった。いつも革袋に小石を入れて腰から下げている。

（間に合った――）

一穂は思った。

陰謀を知って、すぐに吉田に知らせてよかった。

「ともかく、通りかかった町方の人々がことごとく加勢してくだされ、無事に旦那様は登城いたしました。若奥様におかれましては、くれぐれも心配せぬようとのお言葉にございます」

「よ、よかった――」

秋緒はその場に、へたへたと座り込んでしまった。

「若奥様！」

「奥様」

女中や、下女たちが助けにかかる。

そして秋緒は、気丈に立ちがあり、必死で言った。

「皆の者――。大丈夫です。旦那様はご無事。まず、父上にお伝えなさい。次に、門前に篝火《かがりび》を焚《た》くこと。旦那様が戻るまで、わたしが差配いたします」

声に、張りがある。

「警護のものを通常の一名から、二名に増やすこと。いと、はる、来なさい。親類筋に報告の文を書き、男衆を警護に回してもらいます。我が家は弓手役。これは戦ですよ」

「はっ」

女中たちは秋緒について奥へすたすたと歩いて行った。

あとに残されたものは、土間に平伏する数名の下男どもと、玄関の慎之助と一穂である。

ふと横を見ると、慎之助の額には汗がびっしょりと浮かび、顔面は蒼白《そうはく》であった。

自分の、

「覚悟を決めねばなるまいな――」

の一言で起きてしまった出来事の大きさに驚愕《きょうがく》し、事態を冷静に把握できておらぬ様子だった。

それを見て一穂は、

「慎之助様——。潔く、身を引きなさい」

と、言った。

「む？」

「存じ上げておりますぞ」

「な、なにを」

「あなたの手のものの仕業でございましょう。四日前に、浪人らしきものと、あなた様が談合しているのを聞きました」

「な、なんと」

「あなたがたは、失敗したのです。巻き込まれたのであれば同情いたしますが、そうとも言い切れぬでしょう。こうなれば仕方がありません。サムライたれば責任のとりかたがわかろうというもの」

「何を言う」

「潔くなされ」

　慎之助は、絶句して一穂の顔を見た。

　その姿を、土間にひざまずいた下男たちが驚きの目をもって見つめている。

　皆の視線にうろたえた慎之助は、

「こ、この町娘風情が、何を言い出すのか」

と、普段に似合わぬ乱暴な口をきいた。

「悪いけどね、町娘だろうが、身分が低かろうが、ヒトとしての義はわきまえているンだッ」

　一穂は啖呵を切った。

「何がサムライでえ。たかが千五百石の家なんざを奪い取ろうと、セコイことをやりやがって。男は、顔じゃァねえんだよ——たぶん」

「たぶん？」

「あ、いや、こっちの話」

　慎之助の唇が、ぶるぶると震えている。

　一穂は続けた。

「こんな、先祖代々のいろいろいろがこんがらがったようなメンドクサイ家、誰が継ぎたいと思うものか。さっさと飛び出して、日本橋でかわら版屋でもやったほうが、マシだね」

　すると、慎之助は、

「こ、この女――。家を追い出された脇腹の雑女《ざつめ》のくせに――」

　と叫び、脇差をすらりと抜いた。

　わっ、と下男下女たちが騒いだ。

「慎之助様、お待ちください」

「一穂様、気を付けて！」

　周囲をとりかこみ、口々に叫ぶ。

　我を失った慎之助の目は、血走っている。

（まずい――）

　対峙《たいじ》した一穂がそう思ったとき、土間の下男たちのほうから、びゅっ、と石が飛んできて、慎之助のこめかみに、ガツン、と当たった。

「む、むう」

　慎之助は短い唸り声をあげると、脇差をからりと落とし、その場に昏倒した。

「た、助かった――」

　一穂が見ると、下男たちの中にいつの間にか定吉がおり、目が合うと、さっとどこかへ消えてしまった。

◇

「そう――。日本橋に帰ってしまうの――」

秋緒は言った。

「はい。ここでの花嫁修業は、楽しかったンですがね――。やっぱりあたしゃァ、下町の裏店《うらだな》で育った雑草でございましてね。俗に『氏より育ち』と申します。ここらでお暇《いとま》させていただきてえ」

「どうしても？　あたしはあなたに屋敷にいて欲しいのよ」

「――――」

「失礼なことを言うけれど、あんな長屋では、ろくに魚も食べられないと聞きます。布団だって、お風呂だって、全部借り物でしょう。この屋敷にいれば一通りはお世話をしてあげるというのに」

「若奥様」

一穂は、にっこりと笑って言った。

「お武家様には、言ってもわからねえモンかもしれませんがね、六月になれば、江戸の町方じゃァ、山王様の大祭があるんでございます」

「ああ、そうだった。去年は明神様だったから、今年は山王様ね」

「そこで、あたしの佐内町じゃァ、二十七番山車を出す。ざっと神田から日本橋まで、山王様の山車を預かるは、江戸っ子の誉《ほまれ》にございます。あたしゃ、それに出てえ。この楽しみは、たまらねえことでございましてね。おサムライにはかなわねえ、町方の特権でございます。粋《いき》と鯔背《いなせ》の見せどころ」

「はあ」

「江戸の娘だったらね、祭りとなりゃァ、三度のメシより大事ってなもんで――。これがあたしの育ちってモンで。サムライ屋敷とは違います」

その言いぶりを、秋緒は真剣に聞く。

「あなたは、素敵な子ね。慎之助には、もったいなかったわ」

「そうでござんしょう」

「あの子――あなたのお眼鏡には、適《かな》わなかったわね」

「いい家で生まれて、名門の道場に通って、立派な拵《こしら》えを手挟んでいても、男の最後は、心でござんしょうね」

ふたりは、顔を見あわせて、笑った。

慎之助は、その後、賊が、自分の通う前田喜兵衛道場の者どもであったことを、正芳、秋緒夫妻に伝え、責任を取ることを申し出た。

自らの関与は否定したが、道場のものが、自らが見立て養子であるうちに正芳を亡きものとして、勝谷家を継がせ、道場の経営の安定を図ったものであったことを白状し、潔く腹を切ると言った。

正芳、秋緒は、それを受け、腹を切ることを認めなかった。

切腹者を出したとなっては、勝谷家の不名誉であり、公儀に障りがある。

家の中で密かに処断すべき事案であった。

正芳と秋緒は、両親及び親族を集め、じゅうじゅうに相談した上、母方の伯父の領地である上州の荒れ地に押し込めとすることとし、本人も了承した。

一穂は、それでいいと見て、自らの知ることをあえて告発することはしなかった。

慎之助が自らの関与を否定したことについて、突っ込んで責めるようなことは慎んだのだ。

ただ、前田喜兵衛道場のことは吉田主計に細かく報告した。

報告はやがて水野左衛門から小田切土佐守にあがり、しかるべき筋から、なんらか

の正しい処断があるであろう。

「万事解決ということで——でも」

一穂は言った。

「ひとつだけ、気になっているのは、市右衛門おじのことでございます」

「市右衛門どの」

「あの野郎、あたしを見捨てて、この屋敷に送り込みやがった——。騙しやがって。あたしはなンにも聞いてなかったんですよ。こんなところで似合わねえ花嫁修業をさせられるなんてね、まったく、腹が立つ。いや、若奥様にゃぁ世話になって、含むところはありませんですがね、あのおじさんの態度だけは気に入らねえ。ずっと一緒にいたってえのに、まったく情がとおりません」

「まあ」

「若奥様。あたしゃね、一刻も早く帰って、ブンなぐってやりますよ」

一穂は、ぷんぷんと腹を立てる。

「許してあげて」

秋緒は、手をぱんぱんと叩いて女中を呼んで、温かいお茶を淹れるように指示しておいて、言った。

「あたしはね、市右衛門さんにこう言ったのです——。あなたのことはいい。だけど、一穂さんは若い。まだまだいろんな人生を選び、作りあげることができる歳ではありませんか。一穂さんの明日の可能性を、あなたのつまらぬ意地とやらで潰してはいけませんよ、と」

「え」

「一穂さんを、この勝谷屋敷に召し上げたいと言ったとき、最初、市右衛門さんは、怒りました。今までさんざん不義理をしていたというのに、あんたが嫁に入って、全てが新しく変わったと言われても信じられるかい、と——。ですが、あたしが、一穂さんの将来のことを考えてくださいと言ったとたん、黙ってしまった」

落ち着いた口調だった。

一穂は、その言葉をかみしめるように聞いた。

そのとき、女中が、熱いお茶を運んできた。

「市右衛門さんはもう、四十路《よそじ》の坂をとうに下って、五十路《いそじ》も見えようかというお歳です。若い頃にさんざん暴れて、無頼をされたと聞いています。お家とぶつかり、意気地を立てて、せっかくのサムライという身分をお捨てになった。その選択は本当に正しかったのでしょうか」

静かに、秋緒はお茶を呑む。

「男の人はいつも、自分の生き方に、一偏の後悔もない、自分はやりたいようにやってきた、と口では言う。ですが、それは本当でしょうか。本当に、なんの後悔もなく生きていらっしゃるのでしょうか。わたしは違うのだと思う。あの市右衛門さんの顔を見たら」

「顔」

「そうです。市右衛門さんは、なんともいえない顔をした——。もしかしたら、あのとき我慢をして、サムライのままでいたら、全然違う人生があったのではないか。若さの意地に任せて乱暴なことをせず、ちゃんと辛抱して、組織と身分の中で出世をする生き方もあったのではないか」

「そんな」

「すべてに自分の思うままで、威勢はよくて、なんでも好きなことを言えるけれど、ろくに好きなモノも食べられない孤独な人生よりも、もしかしたら、不自由で、苦労に満ちて、言いたいことも言えないけれど、愛する家族に囲まれて、その家族には、おいしいものを食べさせてあげられる人生もまた、あったのではないか——。そう思ったのではありますまいか。世に出て、いろんな苦労をして世間を見てきた大人というものは、そういうものです。いつも自分の人生の過去の選択を疑って、心のどこかに後悔しているものなのです」

「――若奥様も、ですか」

「もちろん」

「そうは見えません」

「そう見えないようにしているだけです。――まだ若いあなたにわかってもらおうとは思いません。ですが、どうか市右衛門さんには優しくしてあげてほしい」

「――」

「きっと市右衛門さんはこう考えたのです。自分は自ら選んで貧乏長屋で暮らしている。だが、一穂さんはまだ若い。いろんな可能性がある。武家屋敷に入って、生活力のある身分の高い男と縁付き、貧乏から抜け出せば、見える世界も、触れる世界も違ってくる。自由はなくても、身分がある。もしかしたら、そんな世界で生きていく人生も、また素晴らしいのではないか。まだ、間に合う。若ければなんでもできる。その明日への希望のようなものを、自分のつまらぬ意地などで、摘み取ってはならない――。勝谷の家ならば、さまざまなことができるのですから」

「さまざまなこと」

「さまざまなことです。身分とは、そして、おカネとは、そういうものです」

「――ずいぶん窮屈に思えましたが」

「その分、面白いことができる。多少の窮屈など、人生にとっては些細《ささい》なこと。受け入れるのです」

「わかりません」

「まだ、わからなくていいのですよ」

秋緒はそういってお茶をすすめると、自らもう一口呑み、ああ、おいしいと言った。

「このお茶の味がわかればいいのです。このお茶は最上級の上喜撰《きせん》――この味を覚えておきなさい」

「はあ」

「ただね、市右衛門さんは、あなたのことを真剣に考えて、大好きなあなたを手元から手放すことを認めたのです。これ以上の素敵なことがありますか？　市右衛門さんをあたしだと思って、孝行してください」

一穂は、勧められるままに、茶碗《ちゃわん》を手に取り、蓋《ふた》をあける。

すると、萌黄色《もえぎいろ》の目がさめるような色の茶の中に、立派な茶柱が立っていた。

◇

一か月ぶりに戻ってきた下町では、あちこちで山王祭のための準備に余念がなかった。

どの町内も、老若男女が町会所に群がりあつまって、わいわいと鋸《のこぎり》や木槌《きづち》をふるい、あれやこれやと準備している。

その賑わいの中、一穂が、表から『浮かれ長屋』の路地を覗くと、ちょうど市右衛門が厠から出てくるところだった。

「おじさん！」

一穂は声をかけた。

市右衛門は顔をあげ、そこに一穂が立っていることに気が付いた。

「てめえ――」

一穂は市右衛門に駈け寄り、責めるように言った。

「ひでえじゃねえか、おじさん。カワイイあたしを、あんな家に押し込んで！　市谷に行けとは言われたけど、こんなに長くあっちにいなくちゃいけないなんて、聞いてなかったぞ。このあたしを売るようなマネしやがって」

「――お前は、実家に戻って花嫁修業をしているンじゃなかったのか」

「誰があんな面倒くさいところで花嫁修業を続けたいって言うンだよ」

「辛抱が利かねえ奴だ。若《わけ》ぇときの辛抱が利かねえ奴は、何をやっても芽が出ねえぞと、さんざん言って聞かせたろうが」

「あんなツマらねえ連中に囲まれて、小難しいことばっか言われて、好きなことも言えずに、良家の嫁になりてえとは思わねえや」

「うるせえ、なにを勿体《もったい》ねえことを」

　市右衛門は言った。

「俺は、若い頃に辛抱が利かなかったから、今でもこんなところで貧乏でいる。だが、お前はまだ若い。辛抱してちゃんと、上に行きてえってぇ気持ちを大事にしろい」

「上ってなんだよ」

　一穂は言った。

「上ってのは、上だろ」

「あたしにとって『上』っていうのは、格好いいオトナになるてぇことだ。旗本屋敷の連中、全然格好良くなかったぜ。しゃっちょこばって、ちょっとしたことも自分でやらねえ。雨戸一つ開けるのでも、水一杯呑むのにも、下男、下女を呼んでやらせるんだ。つまらねえメンツにこだわって、体を一切動かさねえ。それで人間かね。あたしが思うオトナってのは、なんでもひとりで、自分の両手でできる奴のこった。おじさんのほうが、よほどなんでもできるよ」

「何を言う」

「おじさん、あたしが浮かれ長屋に引き取られた日のことを覚えているかい？」

「むっ」

市右衛門は、ぎょっとした顔をした。

「てめえ、覚えているのか」

「あたりまえさ——。もう七つだったたぜ」

一穂は、目に涙を溜《た》めて言った。

「あたしにとって、お屋敷はろくな所じゃなかった。お母ちゃんは死んでいたし、お父ちゃんには滅多に会えない。誰にも相手にされなかったし、同じ年ごろの友達もいない。脇腹の脇腹ってンで、親戚が集まると、末席におかれて身を固くしているしかなかった。あの頃は、いつも緊張していた。おなかを下してばかりいたよ。親戚が集まるとき、市右衛門おじさんだけが、こころの支えだったたんだ」

「なんだと」

「親戚の連中はみな、マジメで、ろくに冗談も言えねえ謹厳実直な連中ばっかりだった。だけど、そこに、不良だった市右衛門おじちゃんがあらわれて、大人どもをからかうようなことを言うと、その場が、さっと緩んで和み、明るくなる。なんて格好いいオトナだろうと思ったぜ」

「――――」

「あたしは、一緒にいる人を緊張させる正しくて立派な大人よりも、一緒にいる人間を、ふっと楽にさせるようなふざけたオトナのほうが、好きだ。そういうオトナになりてえんだ。いいかい、あたしゃね、この浮かれ長屋の娘でいたいんだよ！」

「一穂」

「わかったか、わかったら、二度とあたしを追い出そうとするな」

「う」

「どうだ」

「わかった」

それを聞いて市右衛門は大きなため息をつく。

「――バカな娘だぜ」

「バカは元よりだ」

「山王様の祭り――。てめえは、派手な桃色の小袖を着て、手古舞を踊りてえってんだってな」

「誰から聞いた？」

「町内会のジジイ連中に聞いたぜ。みんな、ぶちぶち文句を言いながらも、一穂が言い出したんじゃァ、もうヒトの意見を聞くめえな、ってぇ諦め顔だった。どこで揃えたのか、娘の手古舞の衣装を持ってきやがったぜ。四畳半の奥の、箪笥《たんす》ン中に入れてある」

「はっはっは、さすが佐内町のジジイどもだ。わかってんな」

「あとで着てみるんだな」

「合点承知――。カワイイあたしが山車の前に立てば、江戸じゅうの町方の男どもがため息ついて見惚《みと》れるってもんだろ。まったく、美人はつらいよな」

「バカ言ってんじゃねえ」

ふたりは肩をそろえて、浮かれ長屋の狭い部屋にはいっていく。

ちん、とん、ぴいひゃら、と、佐内町のあちこちから、祭囃子《まつりばやし》の稽古の音が響いていた。

小学館文庫
好評既刊

孫むすめ捕物帳 かざり飴

伊藤尋也

ISBN978-4-09-407073-6

奉行所の老同心・沖田柄十郎《へいじゅうろう》は、人呼んで窓際同心。同僚に侮《あなど》られているが、可愛い盛りの孫、とらとくまのふたりが自慢。十二歳のとらは滅法強い剣術遣いで、九歳のくまは蘭語に堪能。ふたりの孫を甘やかすのが生き甲斐だ。今日も沖田は飴をご馳走しようとふたりを連れて、馴染みの飴細工屋までやって来ると、最近新参の商売敵に客を取られていると愚痴をこぼされた。励まして別れたはいいが、翌朝、飴細工売りが殺されたとの報せが。とらとくまは、奉行所で厄介者扱いされているじいじ様に手柄を立てさせてやりたいと、なんと岡っ引きになると言い出した!?

小学館文庫
好評既刊

勘定侍 柳生真剣勝負〈一〉
召喚

上田秀人

ISBN978-4-09-406743-9

大坂一と言われる唐物問屋淡海《おうみ》屋の孫・一夜は、突然現れた柳生家の者に御家を救えと、無理やり召し出された。ことは、惣目付《そうめつけ》の柳生宗矩《むねのり》が老中・堀田加賀守《かがのかみ》より伝えられた、四千石の加増にはじまる。本禄と合わせて一万石、晴れて大名となった柳生家。が、大名を監察する惣目付が大名になっては都合が悪い。案の定、宗矩は役目を解かれ、監察される側に立たされてしまう。惣目付時代に買った恨みから、難癖をつけられぬよう宗矩が考えた秘策が一夜だったのだ。しかしなぜ召し出すのが商人なのか？　廻国中の柳生十兵衛も呼び戻されて。風雲急を告げる第１弾！

付添い屋・六平太
龍の巻 留め女

金子成人

ISBN978-4-09-406057-7

時は江戸・文政年間。秋月六平太は、信州十河藩の供番（駕籠を守るボディガード）を勤めていたが、十年前、藩の権力抗争に巻き込まれ、お役御免となり浪人となった。いまは裕福な商家の子女の芝居見物や行楽の付添い屋をして糊口をしのぐ日々だ。血のつながらない妹・佐和は、六平太の再仕官を夢見て、浅草元鳥越の自宅を守りながら、裁縫仕事で家計を支えている。相惚れで髪結いのおりきが住む音羽と元鳥越を行き来する六平太だが、付添い先で出会う武家の横暴や女を食い物にする悪党は許さない。立身流兵法が一閃、江戸の悪を斬る。時代劇の超大物脚本家、小説デビュー！

死ぬがよく候〈一〉
月

坂岡 真

ISBN978-4-09-406644-9

さる由縁《ゆえん》で旅に出た伊坂八郎兵衛は、京の都で命尽きかけていた。「南町の虎」と恐れられた元隠密廻り同心も、さすがに空腹と風雪には耐え切れず、ついに破《や》れ寺《でら》を頼り、草鞋《わらじ》を脱いだ。冷えた粗菜にありついたまではよかったが、胡散臭《うさんくさ》い住職に恩を着せられ、盗まれた本尊を奪い返さねばならぬ羽目に。自棄《やけ》になって島原の廓《くるわ》に繰り出すと、なんと江戸で別れた許嫁《いいなずけ》と瓜二つの、葛葉《くずのは》なる端女郎《はしじょろう》が。一夜の情を交わした翌朝、盗人どもを両断すべく、一条戻橋《いちじょうもどりばし》へ向かった八郎兵衛を待ち受けていたのは……。立身《たつみ》流の秘剣・豪撃《こわうち》が悪党を乱れ斬る、剣豪放浪記第一弾！

人情江戸飛脚
月踊り

坂岡真

ISBN978-4-09-407118-4

どぶ鼠の伝次は余所様《よそさま》の隠し事を探る商売、影聞きで食べている。その伝次、飛脚を商う兎屋の主で、奇妙な髷《まげ》に傾《かぶ》いた着物をまとう粋人の浮世之介にお呼ばれされた。瀟洒《しょうしゃ》な棲家《すみか》 狢亭《むじなてい》に上がると、筆と硯《すずり》を扱う老舗大店の隠居・善左衛門が――。倅の嫁おすまに悪い虫がついたらしく、内々に調べてほしいという。「首尾よく間男と縁を切らせたら、手切れ金の一割、千両なら百両を払う」と約束する隠居に、生唾を飲み込む伝次。ところが、思わぬ流れとなり、邪な渦に呑み込まれ……。風変わりで謎の多い浮世之介とともに弱きを救い、悪に鉄槌《てつつい》を下す、痛快無比の第1弾！

小学館文庫
好評既刊

春風同心十手日記〈一〉

佐々木裕一

ISBN978-4-09-406843-6

定町廻り同心の夏木慎吾が殺しのあったという深川の長屋に出張ってみると、包丁で心臓を刺されたままの竹三が土間で冷たくなっていた。近くに女物の匂い袋が落ちていたところを見ると、一月前に家を出ていった女房おくにの仕業らしい。竹三は酒癖が悪く、毎晩飲んでは、暴力をふるっていたらしいのだ。岡っ引きの五六蔵や女医の華山らに助けを借りて探索をはじめた慎吾だったが、すぐに手詰まってしまい……。頭を抱えて帰宅した慎吾の前に、なんと北町奉行の榊原忠之が現れた!?　しかも、娘の静香まで連れているのは、一体なぜ？　王道の捕物帳、シリーズ第１弾！

小学館文庫
好評既刊

さんばん侍
利と仁

杉山大二郎

ISBN978-4-09-406886-3

二十四歳の鈴木颯馬《そうま》は、元は町人の子。幼くして父を亡くし、母とふたりの貧乏暮らしが長かった。縁あって、手習い所で働くうち、大器の片鱗《へんりん》を見せはじめた颯馬だが、十五歳の時に母も病で亡くし、天涯孤独の身となってしまう。が、捨てる神あれば拾う神あり。ひょんなことから、田中藩江戸屋敷に勤める鈴木武治郎に才を買われ、めでたく養子に。だが、勘定方に出仕したのも束の間、田中藩領を我が物にせんとする老中格の田沼意次《おきつぐ》と戦うことに。藩を救うべく、訳ありで、酒問屋麒麟《きりん》屋の番頭となった颯馬に立ち塞《ふさ》がる壁、また壁！　江戸の剣客商い娯楽小説第一弾！

小学館文庫
好評既刊

突きの鬼一

鈴木英治

ISBN978-4-09-406544-2

美濃北山三万石の主百目鬼一郎太の楽しみは月に一度の賭場通いだ。秘密の抜け穴を通り、城下外れの賭場に現れた一郎太が、あろうことか、命を狙われた。頭格は大垣半象、二天一流の遣い手で、国家老・黒岩監物の配下だ。突きの鬼一と異名をとる一郎太は二十人以上を斬り捨てて虎口を脱する。だが、襲撃者の中に城代家老・伊吹勘助の倅で、一郎太が打ち出した年貢半減令に賛同していた進兵衛がいた。俺の策は家臣を苦しめていたのか。忸怩たる思いの一郎太は藩主の座を降りることを即刻決意、実母桜香院が偏愛する弟・重二郎に後事を託して単身、江戸に向かう。

小学館文庫
好評既刊

姉上は麗しの名医

馳月基矢

ISBN978-4-09-406761-3

老師範の代わりに、少年たちへ剣を指南している瓜生清太郎は稽古の後、小間物問屋の息子・直二から「最近、犬がたくさん死んでる。たぶん毒を食べさせられた」と耳にする。一方、定廻り同心の藤代彦馬がいま携わっているのは、医者が毒を誤飲した死亡事件。その経緯から不審を覚えた彦馬は、腕の立つ女医者の真澄に知恵を借りるべく、清太郎の家にやって来た。真澄は、清太郎自慢の姉なのだ。薬絡みの事件に、「わたしも力になりたい」と、周りの制止も聞かず、ひとりで探索に乗り出す真澄。しかし、行方不明になって……。あぶない相棒が江戸の町で大暴れする！

浄瑠璃長屋春秋記 照り柿

藤原緋沙子

ISBN978-4-09-406744-6

三年前に失踪した妻・志野を探すため、弟の万之助に家督を譲り、陸奥国平山藩から江戸へ出てきた青柳新八郎。今では浪人となって、独りで住む裏店に『よろず相談承り』の看板をさげ、見過ぎ世過ぎをしている。今日も米櫃《こめびつ》の底に残るわずかな米を見て、溜め息を吐いていると、ガマの油売り・八雲多聞がやって来た。地回りに難癖をつけられていたところを救ってもらった縁で、評判の巫女占い師・おれんの用心棒仕事を紹介するという。なんでも、占いに欠かせぬ亀を盗まれたうえ、脅しの文まで投げ入れられたらしい。悲喜こもごもの人間模様が織りなす、珠玉の第一弾。

―――本書のプロフィール―――

本書は、小学館のために書き下ろされた作品です。

小学館文庫

うかれ堂騒動記《どうそうどうき》　恋《こい》のかわら版《ばん》

著者　吉森大祐《よしもりだいすけ》

二〇二二年五月十一日　初版第一刷発行

発行人　石川和男
発行所　株式会社　小学館
〒一〇一-八〇〇一
東京都千代田区一ツ橋二-三-一
電話　編集〇三-三二三〇-五九五九
　　　販売〇三-五二八一-三五五五
印刷所 ——— 中央精版印刷株式会社

この文庫の詳しい内容はインターネットで24時間ご覧になれます。
小学館公式ホームページ　https://www.shogakukan.co.jp

ISBN978-4-09-407141-2